大學
初級客語
Hakka

羅濟立

著

前　言

　　本教材主要是為修習客語課程的大學同學所編寫的初級客語教材。

　　內容編排選用最常用、富有現代生活意義的單字、基本句型，企圖透過從發音、詞彙、句法各方面進行與國語的參照式教學，掌握基本的客語聽、說、讀、寫、譯等能力，並藉由各種情境學習客語生活會話，另有練習問題供同學習作。

　　本教材附有CD以及習題解答，除了供教師上課使用之外，亦可當作自修用書。本教材之詞彙與書寫規範也符合客語能力認證之目標，故也可當作考試準備用書。

　　台灣客語大致可分為四縣、海陸、饒平、大埔、詔安、永定等，本教材以通行最廣的北部四縣音為主。另外，本教材所使用的注音符號是採用教育部98年2月27日公告修正之「臺灣客家語拼音方案」，客語書寫用字依照教育部98年9月15日公告之第1批及100年1月29日公告之第2批「臺灣客家語書寫推薦用字」。

客語音節表

韻母	ψ	b	p	m	f	v	d	t	n	l	g	k	ng	ngi	h	j	q	x	z	c	s
ψ				m					n				ng								
ii																			zii	cii	sii
i	i	bi	pi	mi	fi	vi	di	ti	ni	li	gi	ki		ngi	hi	ji	qi	xi			
e	e	be		me	fe	ve	de	te	ne	le	ge				he				ze	ce	se
a	a	ba	pa	ma	fa	va	da	ta	na	la	ga	ka	nga	ngia	ha				za	ca	sa
o	o	bo	po	mo	fo	vo	do	to	no	lo	go	ko	ngo		ho				zo	co	so
u	u	bu	pu	mu	fu	vu	du	tu	nu	lu	gu	ku	ngu						zu	cu	su
ie	ie										gie	kie		ngie							
eu	eu	beu	peu	meu	feu		deu	teu	neu	leu					heu				zeu	ceu	seu
ieu	ieu										gieu	kieu		ngieu	hieu						
ia	ia	bia	pia	mia			dia			lia	gia	kia			hia	jia	qia	xia			
ua	ua										gua	kua									
ai	ai	bai	pai	mai	fai	vai	dai	tai	nai	lai	gai	kai	ngai		hai				zai	cai	sai
uai											guai	kuai									
au	au	bau	pau	mau			dau		nau	lau	gau	kau	ngau	ngiau	hau				zau	cau	sau
iau	iau			miau			diau	tiau	niau	liau	giau	kiau				jiau	qiau	xiau			
io	io										gio	kio			hio	jio	qio	xio			
oi	oi	boi	poi	moi	foi	voi	doi	toi		loi	goi	koi	ngoi		hoi				zoi	coi	soi
ioi												kioi									
iu	iu	biu	piu	miu			diu	tiu	niu	liu	giu	kiu		ngiu	hiu	jiu	qiu	xiu			
ui	ui						dui	tui	nui	lui	gui	kui	ngui						zui	cui	sui
iui	iui																				
ue	ue																				

	ψ	b	p	m	f	v	d	t	n	l	g	k	ng	ngi	h	j	q	x	z	c	s
iim								diim											ziim	ciim	siim
im	im									lim	gim	kim		ngim	him	jim		xim			
em							dem		nem	lem					hem				zem	cem	sem
iem		biem										kiem		ngiem							
am	am			mam	fam		dam	tam	nam	lam	gam	kam	ngam		ham				zam	cam	sam
iam	iam						diam	tiam		liam	giam	kiam		ngiam	hiam	jiam	qiam	xiam			
iin																			ziin	ciin	siin
in	in	bin	pin	min	fin		din	tin	nin	lin	gin	kin		ngin	hin	jin	qin	xin			
en	en	ben	pen	men	fen		den	ten	nen						hen				zen	cen	sen
ien	ien	bien	pien	mien			dien	tien		lien	gien	kien		ngien	hien	jien	qien	xien			
uen											guen										
an	an	ban	pan	man	fan	van	dan	tan	nan	lan	gan	kan	ngan		han				zan	can	san
uan											guan	kuan	nguan								
on	on		pon		fon	von	don	ton	non	lon	gon	kon			hon				zon	con	son
ion	ion									lion				ngion			qion				
un		bun	pun	mun	fun	vun	dun	tun	nun	lun	gun	kun							zun	cun	sun
iun	iun										giun	kiun		ngiun	hiun			xiun			
ang	ang	bang	pang	mang	fang	vang	dang	tang	nang	lang	gang	kang	ngang		hang				zang	cang	sang
iang	iang	biang	piang	miang						liang	giang	kiang		ngiang		jiang	qiang	xiang			
uang											guang										
ong	ong	bong	pong	mong	fong	vong	dong	tong	nong	long	gong	kong	ngong		hong				zong	cong	song
iong	iong	biong	piong	miong			diong	tiong		liong	giong	kiong		ngiong	hiong	jiong	qiong	xiong			
ung		bung	pung	mung	fung	vung	dung	tung	nung	lung	gung	kung							zung	cung	sung
iung	iung									liung	giung	kiung		ngiung	hiung	jiung	qiung	xiung			
iib																			ziib	ciib	siib

	ψ	b	p	m	f	v	d	t	n	l	g	k	ng	ngi	h	j	q	x	z	c	s
ib	ib									lib	gib	kib			hib	jib	qib	xib			
eb	eb						deb	teb		leb									zeb		seb
ieb											gieb										
ab	ab				fab		dab	tab	nab	lab	gab	kab	ngab		hab				zab	cab	sab
iab	iab						diab	tiab		liab	giab	kiab		ngiab	hiab	jiab	qiab	xiab			
iid																			ziid	ciid	siid
id	id	bid	pid	mid	fid		did	tid	nid	lid	gid	kid		ngid	hid	jid	qid	xid			
ed	ed	bed	ped	med	fed	ved	ded	ted	ned	led					hed				zed	Ced	sed
ied	ied	bied	pied	mied			died	tied	nied	lied	gied	kied		ngied	hied	jied	qied	xied			
ued											gued										
ad	ad	bad	pad	mad	fad	vad	dad	tad	nad	lad	gad	kad	ngad		had				zad	cad	sad
uad											guad										
od	od	bod					dod	tod	nod	lod	god				hod				zod	cod	sod
iod																jiod					
ud	ud	bud	pud	mud	fud	vud	dud	tud		lud	gud	kud	ngud						zud	cud	sud
iud	iud											kiud						xiud			
ag	ag	bag	pag	mag	fag	vag	dag	tag	nag	lag	gag	kag			hag				zag	cag	sag
iag	iag	biag	piag				diag			liag	giag	kiag			hiag	jiag	qiag	xiag			
uag											guag										
og	og	bog	pog	mog		vog	dog	tog	nog	log	gog	kog	ngog		hog				zog	cog	sog
iog	iog		piog				diog			liog	giog	kiog		ngiog	hiog	jiog	qiog	xiog			
ug	ug	bug	pug	mug	fug	vog	dug	tug	nug	lug	gug	kug							zug	cug	sug
iug	iug									liug	giug	kiug		ngiug	hiug	jiug	qiug	xiug			

CONTENTS

目録

CONTENTS

目錄

CONTENTS

目錄

CONTENTS

目錄

CONTENTS

目錄

CONTENTS

目錄

CONTENTS

目錄

第一課　發音⑴

Ti id` ko　Fad` im´ (id`)

客語的音節構造

　　客語本是漢語方言的一支，其音節S可以分爲聲母C、韻頭M、韻腹V、韻尾E以及聲調T五部分。其中，韻腹和聲調是一個音節詞中不可或缺的要素，其餘的要素就算不齊全音節也能成立。因此，一般把音節公式化定爲：$S=(C)(M)V(E)/T$。

聲調T			
聲母C （輔音）	韻母		
	韻頭M	韻腹V	韻尾E
b,p,m,f,v, d,t,n,l, j,q,x,ngi, z,c,s, g,k,ng,h,	i,u	ii,i,e,a,o,u	母音韻尾E1: i,u 子音韻尾E2: m,n,ng, 　　　　　　b,d,g

	客語音節種類	例
1	V	阿a´、唉e`
2	V＋E1	愛oi、拗au
3	V＋E2	安on´、押ab`
4	M＋V	也ia、有iu´
5	M＋V＋E1	要ieu

	客語音節種類	例
6	M＋V＋E2	鹽 iamˇ、羊 iongˇ
7	C＋V	下 haˊ、家 gaˊ
8	C＋M＋V	瓜 guaˊ、擎 kiaˇ
9	C＋V＋E1	來 loiˇ、校 gau、
10	C＋V＋E2	浪 long、莫 mog
11	C＋M＋V＋E1	怪 guai、橋 kieuˇ
12	C＋M＋V＋E2	弇 kiemˇ、腳 giog、

六個基本聲調 (六聲)

名稱	發音要領	聲調音值	聲調符號	例
第1聲	短昇	fa^{24}	faˊ	花
第2聲	急速下降	su^{31}	su、	手
第3聲	高平	$xien^{55}$	xien	線
第4聲	低而短促	gud^{2}	gud、	骨
第5聲	低平	teu^{11}	teuˇ	頭
第6聲	高而短促	sag^{5}	sag	石

單母音

i		u
e	ii	o
a		

【注】ii 只出現在 z、c、s 聲母之後。

練習 01

1. aˊ aˋ a   adˋ aˇ ad
2. eˊ eˋ e   edˋ eˇ ed
3. iˊ iˋ i   idˋ iˇ id
4. uˊ uˋ u   udˋ uˇ ud
5. oˊ oˋ o   odˋ oˇ od

聲母(1)

b	p	m	f	v
d	t	n	l	

練習 02

1. biˋ（比） baˊ（爸） bo（報） bu（布）
2. piˇ（皮） pa（怕） poˊ（波） pu（步）
3. miˋ（米） meˊ（姆） ma（罵） moˇ（無） mu（墓）
4. fiˊ（非） fa（化） foˋ（火） fuˋ（苦）
5. vi（胃） va（偎） voˇ（禾） vuˊ（烏）
6. diˊ（知） daˋ（打） doˊ（多） duˋ（肚）
7. ti（地） taˊ（他） toˊ（拖） tuˋ（土）
8. niˇ（尼） ne（系） naˊ（拿） noˇ（磨） nuˊ（努）
9. liˊ（理） leˇ（西） la（罅） loˋ（老） luˇ（盧）

第二課　發音(2)

Ti ngi ko　Fad` im´ (ngi)

● 重母音

前面音的響音度最大	ai	au	eu	oi	ui	
後面音的響音度最大	ia	ie	io	iu	ua	ue
中間音的響音度最大	iau	ieu	ioi	iui	uai	

● 聲母(2)

g	k	h	ng
j	q	x	ngi

● 客語的詞彙變調 03

1. 第1聲 ＋ 第1聲 → 第5聲 ＋ 第1聲

   (1)風fung´ ＋ 光gong´ → 風fungˇ ＋ 光gong´

   (2)傷song´ ＋ 心xim´ → 傷songˇ ＋ 心xim´

   (3)東dung´ ＋ 西xi´ → 東dungˇ ＋ 西xi´

2. 第1聲 ＋ 第3聲 → 第5聲 ＋ 第3聲

   (1)通tung´ ＋ 過go → 通tungˇ ＋ 過go

(2)金gim´＋線xien→金gimˇ＋線xien

(3)公gung´＋正ziin→公gungˇ＋正ziin

3. 第1聲 ＋ 第6聲→第5聲 ＋ 第6聲

(1)蜂pung´＋蜜med→蜂pungˇ＋蜜med

(2)花fa´＋舌sad→花faˇ＋舌sad

(3)規gui´＋律lud→規guiˇ＋律lud

練習 04

1. gau（教）　guí（龜）　　gia（崎）　　guá（瓜）　　guai（怪）

2. kai`（凱）　koí（開）　　kioˇ（腐）　　kieuˇ（橋）　kioi（瘵）

3. heu（後）　hoi（害）　　hio´（靴）　　hiau`（曉）　hieuˇ（嬈）

4. ngaiˇ（俇）ngau´（咬）ngoi（外）　　ngui（魏）

5. ji´（擠）　jia（借）　　jiu`（酒）　　jiau`（剿）

6. qi（趣）　　qia（謝）　　qio（蹴）　　qiu´（秋）　qiauˇ（撨）

7. xi`（死）　xia`（寫）　　xio（撬）　　xiu´（修）　xiau´（消）

8. ngi（二）　ngia´（若）　ngie（蟻）　ngiuˇ（牛）　ngiau（尿）

第三課　發音(3)

Ti sam´ ko　Fad` im´ (sam´)

韻尾是鼻子音-m、-n、-ng的音節

iim　am　em　im　iam　iem
iin　an　en　in　on　un　ien　ion　iun　uan　uen
ang　ong　ung　iang iong　iung　uang

 練習 💿 05

1. am（暗）　　dam（擔）
2. em´（揞）　　hem´（喊）
3. im´（音）　　gim´（金）
4. iam˘（鹽）　　giam`（檢）
5. kiem˘（弇）
6. an`（恁）　　ban´（班）
7. en（應）　　sen´（生）
8. in（印）　　tin（定）
9. on´（安）　　don´（端）
10. dun´（敦）　　vun˘（文）
11. ien˘（緣）　　ngien˘（年）
12. ngion´（軟）　　qion˘（全）
13. iun（運）　　ngiun´（忍）
14. guan´（關）　　kuan（摜）

15. guen`（耿）

16. ang´（盎）　　mang´（猛）

17. ong˘（逛）　　kong（爌）

18. bung`（捧）　　dung´（東）

19. miang˘（名）　　xiang（姓）

20. iong˘（羊）　　giong´（薑）

21. iung˘（融）　　liung˘（龍）

22. guang`（莖）

 比較看看 06

1. fun´（分）　fung´（風）　fong´（方）

2. dun´（敦）　dung´（東）　dong´（當）

3. ban´（班）　bang´（掤）

4. giong´（薑）　giung´（弓）

• 聲母(3)

| z　c　s |

 練習 07

1. ziim`（枕）　ziin´（真）　zii`（子）　zo（做）　zeu`（走）

2. ciim´（深）　ciin（陣）　cii（次）　coi（菜）　cu（醋）

3. siim`（沈）　siin´（身）　soi（睡）　se（歲）　su（數）

聲母表

			雙唇音	唇齒音	舌尖中音	舌面前音	舌尖前音	舌根音	喉音
閉鎖音	清音	不送氣	b		d			g	
		送氣	p		t			k	
破擦音	清音	不送氣				j	z		
		送氣				q	c		
摩擦音	清音			f		x	s		h
	濁音			v					
鼻音	濁音		m		n	ngi		ng	
側面音	濁音				l				

竹北林家祠堂

第四課　發音⑷

Ti xi ko　　Fad` im´ (xi)

韻尾是閉鎖音-b、-d、-g的音節

iib	ab	eb	ib	iab	ieb				
iid	ad	ed	id	od	ud	ied	iod	iud	uad	ued
ag	og	ug	iag	iog	iug	uag			

練習 08

1. ab` (鴨)　dab` (答)

2. leb` (垃)　seb` (圾)

3. lib (立)　kib (及)

4. iab (葉)　giab (夾)

5. gieb (激)

6. ad` (閼)　bad` (八)

7. ded` (德)　sed` (色)

8. id (翼)　tid (特)

9. bod` (發)　dod` (咄)

10. tud` (突)　vud` (朏)

11. ied` (挖)　ngied (熱)

12. jiod (嗄)

13. iud` (鬱)　kiud` (屈)

14. guad` (括)

15. gued`（國）
16. ag`（鈪） mag（麥）
17. og`（惡） kog（確）
18. bug`（腹） dug`（啄）
19. biag`（壁） xiag`（惜）
20. iog（藥） giog`（腳）
21. iug（浴） liug（陸）
22. guag（亭）

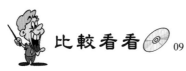 **比較看看** 09

1. bud`（不）bug`（腹）
2. kiud`（屈）kiug`（菊）
3. bad`（八）bag`（百）
4. giog`（腳）giug`（焗）

只有子音但具有主要元音性質的成音節鼻音

| m | n | ng |

 **練習** 10

1. mˇ（毋） m`（唔）
2. nˇ（你） n`（嗯）
3. ng`（五） ngˇ（魚）

韻母表

單母音	複合母音							
	二重母音	三重母音	鼻音韻尾			子音韻尾		
			唇鼻音	舌尖鼻音	舌根鼻音	唇內子音	舌尖內子音	舌根內子音
ii			iim	iin		iib	iid	
i	ia ie io iu	iau ieu ioi iui	im iam iem	in ien ion iun	iang iong iung	ib iab ieb	id ied iod iud	iag iog iug
e	eu		em	en		eb	ed	
a	ai au		am	an	ang	ab	ad	ag
o	oi			on	ong		od	og
u	ua ue ui	uai		un uan uen	uang ung		ud uad ued	ug uag

 練習：數詞su cii˘ 💿11

0	lang˘	10	siib
1	id`	11	siib id`
2	ngi	12	siib ngi
3	sam´	13	siib sam´
4	xi	14	siib xi
5	ng`	15	siib ng`
6	liug`	16	siib liug`
7	qid`	17	siib qid`
8	bad`	18	siib bad`
9	giu`	19	siib giu`

20	ngi siib	60	liug` siib
30	sam´ siib	70	qid` siib
40	xi siib	80	bad` siib
50	ng` siib	90	giu` siib

100	id` bag`	600	liug` bag`
200	liong` bag`	700	qid` bag`
300	sam´ bag`	800	bad` bag`
400	xi bag`	900	giu` bag`
500	ng` bag`		

1000	id` qien´	6000	liug` qien´
2000	liong` qien´	7000	qid` qien´
3000	sam´ qien´	8000	bad` qien´
4000	xi qien´	9000	giu` qien´
5000	ng` qien´		

10000	id` van	10000000	id` qien´ van
100000	siib van	100000000	id` i
1000000	id` bag` van	1000000000000	id` seu

202	liong` bag` kung ngi	2022	liong` qien´ kung ngi siib ngi

 練習：打招呼da` zeu´ fu´ 🔘 12

1. 恁早。An` zo`. (早安)

　先生早。Xin´ sang´ zo`. (老師早)

2. 你好。Nˇ hoˋ.（您好）
   大家好。Tai gaˊ hoˋ.（大家好）

3. 食飽吂？Siid bauˋ mangˇ?（吃飽了嗎？）
   食飽哩。Siid bauˋ leˋ.（吃飽了）

4. 噯！恁久無看著。Oiˋ! Anˋ giuˋ moˇ kon doˋ.（嗨！好久不見。）

5. 有閒正來寮。Iuˊ hanˇ zang loiˇ liau.（有空來坐坐。）
   正來寮。Zang loiˇ liau.（來（我家）坐坐。）

 練習：教室用語gau siidˋ iung ngiˊ 🔘 13

1. 失禮。Siidˋ liˊ.（對不起。）
   敗勢。Paiˇ se.（不好意思。）
   毋使驚。Mˇ siiˋ giangˊ.（沒關係。）

2. 承蒙你。Siinˇ mungˇ nˇ.（謝謝。）
   恁仔細。Anˋ ziiˋ se.（謝謝（這麼客氣）。）
   毋使細義。Mˇ siiˋ se ngi.（不用客氣。）

3. 開始上課。Koiˊ siiˋ songˊ ko.（開始上課。）
   今晡日就到這位。Gimˊ buˊ ngidˋ qiu do iaˋ vi.（今天就上到這裡。）
   休息一下。Hiuˊ xidˋ idˋ ha.（休息一下。）

4. 了解吂？Liau` gie` mangˇ?（懂了嗎？）

　　了解哩。Liau` gie` le`.（懂了。）

5. 再過講一擺。Zai go gong` id` bai`.（再說一次。）

龍騰斷橋

第五課　倕係大學生
Ti ngˋ ko　　Ngaiˇ he tai hog sangˊ

 14

阿勇：你係學部个學生無？（你是學部的學生嗎？）

　　　Nˇ he hog pu ge hog sangˊ moˇ?

阿桃：係，倕係學部个學生。你也係學部个學生無？

　　　（是的，我是學部的學生。你也是學部的學生嗎？）

　　　He, ngaiˇ he hog pu ge hog sangˊ. Nˇ ia he hog

　　　pu ge hog sangˊ moˇ?

阿勇：毋係，倕係研究所个學生，歷史學系个。（不

　　　是，我是研究所的學生，歷史系的。）

　　　Mˇ he, ngaiˇ he ngienˊ giu soˋ ge hog sangˊ, lid

　　　siiˋ hog ne ge.

阿桃：倕係工學院个，今年四年生。（我是工學院的，今

　　　年四年級。）

　　　Ngaiˇ he gungˊ hog ien ge, gimˊ ngienˇ xi ngienˇ

　　　senˊ.

阿勇：你讀麽个學系？（你唸什麼科系？）

　　　Nˇ tug maˋ ge hog ne?

阿桃：化學工程。（化學工程。）

　　　Fa hog gungˊ cangˇ.

• 會話2 15

阿桃：這係麼个？（這是什麼？）
　　　Ia` he ma` ge?

阿勇：這係客家話詞典。（這是客語詞典。）
　　　Ia` he hag` ga´ fa cii˘ dien`.

阿桃：這係麼人个詞典？（這是誰的客語詞典？）
　　　Ia` he ma` ngin˘ ge cii˘ dien`?

阿勇：這係吾个詞典。（這是我的客語詞典。）
　　　Ia` he nga´ ge cii˘ dien`.

阿桃：該乜係若个無？（那也是你的嗎？）
　　　Ge me he ngia´ ge mo˘?

阿勇：毋係，該係厥个。（不是，那是他的。）
　　　M˘ he, ge he gia´ ge.

• 新詞xin´ cii˘ 16

你	n˘（你）	係	he（是）
學部	hog pu（學部）	个	ge（的）
學生	hog sang´（學生）	無	mo˘ （疑問詞～嗎?）
𠊎	ngai˘（我）	也	ia（也）
毋係	m˘ he（不是）	研究所	ngien´ giu so`（研究所）
歷史學系	lid sii` hog ne（歷史系）	工學院	gung´ hog ien（工學院）

今年	gim´ ngienˇ（今年）	四年生	xi ngienˇ sen´（四年級）
讀	tug（讀）	麼个	maˋ ge（什麼）
化學工程	fa hog gung´ cangˇ（化學工程）	這	iaˋ（這）
客家話詞典	hagˋ ga´ fa ciiˇ dienˋ（客語詞典）	麼人	maˋ nginˇ（誰）
該	ge（那）	乜	me（也）
厥	gia´（他的）		

● 語法ngi´ fabˋ

1. 人稱代名詞

	主格		領格	
	單數	複數	單數	複數
自稱	𠊎 ngaiˇ	𠊎／偃（這）兜 ngaiˇ/en´（iaˋ）deu´	吾个 nga´ ge	𠊎／偃（這）兜个 ngaiˇ/en´（iaˋ）deu´ge
對稱	你 nˇ	你（這）兜 nˇ（iaˋ）deu´	若个 ngia´ ge	你（這）兜个 nˇ（iaˋ）deu´ge
他稱	佢 giˇ	佢（這）兜 giˇ（iaˋ）deu´	厥个 gia´ ge	佢（這）兜个 giˇ（iaˋ）deu´ge
疑問	麼人（儕） maˋ nginˇ（saˇ）		麼人（儕）个 maˋ nginˇ（saˇ）ge	

(1)你行若个路，𠊎過吾个橋。Nˇ hangˇ ngia´ ge lu, ngaiˇ go nga´ ge kieuˇ.（你走你的路，我過我的橋。）

(2)佢當好厥个男／女朋友。Giˇ dong´ hau gia´ ge namˇ/ngˋ penˇ iu´.（他很喜歡他的男／女朋友。）

2. 指示代名詞

近稱		遠稱		不定稱	
單數	複數	單數	複數	單數	複數
這ia`	這兜ia` deu´	該ge	該兜ge deu´	哪nai	哪兜nai deu´

3. 使用「（毋）係」的名詞謂語句

(1)范先生係公務員。Fam xin´ sang´ he gung´ vu ienˇ. （范先生是公務員。）

(2)吾爸係醫生。Nga´ ba´ he i´ sen´. （我爸爸是醫生。）

(3)林同學毋係國中生，係高中生。Limˇ tungˇ hog mˇ he gued` zung´ sang´, he go´ zung´ sang´. （林同學不是國中生，是高中生。）

4. 使用「無」的疑問句

在陳述句的句末加上「無」構成疑問句。

(1)請問，你係孫大明同學無？Qiang` mun, nˇ he Sun´ Tai Minˇ tungˇ hog moˇ? （請問，你是孫大明同學嗎？）

(2)你兜个先生係客家人無？Nˇ deu´ ge xin´ sang´ he hag` ga´ nginˇ moˇ? （你們的老師是客家人嗎？）

5. 構造助詞「个」的用法

「～个＋名詞」修飾名詞，表示所屬關係。

(1)倕係臺灣大學个學生。Ngaiˇ he Toiˇ Vanˇ tai hog ge hog sang´. （我是台灣大學的學生。）

(2)這個係吾个朋友。Ia` ge he nga´ ge pen˘ iu´.（這位是我的朋友。）

「～个＋名詞」的名詞部分省略，仍具有名詞句的功能。

(1)這係圖書館个。Ia` he tu˘ su´ gon` ge.（這是圖書館的。）

(2)厓毋係文學院个。Ngai˘ m˘ he vun˘ hog ien ge.（我不是文學院的。）

6. 使用疑問詞的疑問句

使用「麼人」「麼个」等疑問詞提問時，句末不需要「無」。

(1)佢係麼人？Gi˘ he ma` ngin˘?（他是誰?）

(2)你係哪位个客人？N˘ he nai vi ge hag` ngin˘?（你是哪裡的客家人?）

(3)這係麼个雜誌？Ia` he ma` ge cab zii?（這是什麼雜誌?）

7. 副詞「也／乜」的用法

(1)吾姆係職員，厥姆也係職員。Nga´ me´ he ziid` ien˘, gia´ me´ ia he ziid` ien˘.（我媽媽是職員，他媽媽也是職員。）

(2)厓係細倈仔，阿強乜係細倈仔。Ngai˘ he se lai e`, A´ Kiong˘ me he se lai e`.（我是男生，阿強也是男生。）

• 新詞補充 xinˊ ciiˇ buˋ cungˊ 17

范	Fam（范）	公務員	gungˊ vu ienˇ（公務員）
醫生	iˊ senˊ（醫生）	林同學	Limˇ tungˇ hog（林同學）
國中生	guedˋ zungˊ sangˊ（國中生）	高中生	goˊ zungˊ sangˊ（高中生）
請問	qiangˋ mun（請問）	孫大明	Sunˊ Tai Minˇ（孫大明）
客家人	hagˋ gaˊ nginˇ（客家人）	朋友	penˇ iuˊ（朋友）
圖書館	tuˇ suˊ gonˋ（圖書館）	文學院	vunˇ hog ien（文學院）
雜誌	cab zii（雜誌）	哪位	nai vi（哪裡）
職員	ziidˋ ienˇ（職員）	細倈仔	se lai eˋ（男生）
阿強	Aˊ Kiongˇ（阿強）		

• 練習問題 lien xib mun tiˇ

1. 將下列拼音符號注上聲調並改寫成漢字

　(1) Ngai he hag ga ngin.

_____

　(2) Gi deu he ma ngin?

_____

(3) N tug ma ge hog ne?

_____

(4) Ia m he nga ge cii dien.

_____

(5) Ngai gim ngien sam ngien sen.

_____

2. 將下列客語轉寫成拼音符號

(1) 該係麼个？

_____

(2) 𠊎也係歷史學系个。

_____

(3) 佢係客人朋友。

_____

(4) 先生毋係臺灣人。

_____

(5) 這係麼人个雜誌？

_____

3. 改成正確的句子

(1) 佢兜乜客人。

_____

(2) 這係𠊎詞典。

_____

(3) 該係麼个个雜誌？

_____

(4) 你讀麼个學系無？

_____

(5) 這係吾个，該係也吾个。

_____

4. 將下列華語翻譯成客語

(1) 不，我不是大學生。

_____

(2) 我是工學院的學生。

_____

(3) 她也是四年級。

_____

(4) 他是我的朋友。

_____

(5) 這不是我的。

_____

除夕年夜菜

第六課　你姓麼个？

Ti liug` ko　N˘ xiang ma` ge ？

 會話1　⊙ 18

先生：請問，你姓麼个？（請問，你姓什麼？）
　　　Qiang` mun, n˘ xiang ma` ge?

阿勇：偓姓王。（我姓王。）
　　　Ngai˘ xiang Vong˘.

先生：這儕係麼人？（這位是誰？）
　　　Ia` sa˘ he ma` ngin˘?

阿勇：佢係吾朋友，姓楊。（她是我朋友，姓楊。）
　　　Gi˘ he nga´ pen˘ iu´, xiang Iong˘.

先生：你安到麼个名？（你叫什麼名字？）
　　　N˘ on´ do ma` ge miang˘?

阿桃：偓安到楊素桃，請多指教。（我叫楊素桃，請多指
　　　教。）
　　　Ngai˘ on´ do Iong˘ Su To˘, qiang` do´ zii` gau.

 會話2　⊙ 19

先生：楊素桃，你今年幾多歲？（楊素桃，你今年幾歲？）
　　　Iong˘ Su To˘, n˘ gim´ ngien˘ gid` do´ se?

阿桃：倨今年二十一歲。先生，你貴姓？（我今年二十一歲。老師，您貴姓?）

Ngaiˇ gim´ ngienˇ ngi siib id` se. Xin´ sang´, nˇ gui xiang?

先生：倨姓張，安到張宗俊。（我姓張，叫做張宗俊。）

Ngaiˇ xiang Zong´, on´ do Zong´ Zung´ Zun.

阿桃：先生年紀有幾多哩？（老師多大年紀?）

Xin´ sang´ ngienˇ gi` iu´ gid` do´ le`?

先生：倨五十二歲。（我五十二歲。）

Ngaiˇ ng` siib ngi se.

• 新詞xin´ ciiˇ

20

姓	xiang（姓）	這儕	ia` saˇ（這位）
安到	on´ do（叫做）	名	miangˇ（名）
楊素桃	Iongˇ Su Toˇ（楊素桃）	請多指教	qiang` do´ zii` gau（請多指教）
今年	gim´ ngienˇ（今年）	幾多歲	gid` do´ se（幾歲）
貴姓	gui xiang（貴姓）	張宗俊	Zong´ Zung´ Zun（張宗俊）
年紀	ngienˇ gi`（年紀）		

● 語法ngiˊ fab`

1. 姓名的問法與回答

問「姓麼个？」只要回答姓即可，不需回答名字。「貴姓」是比較客氣的問法。另外，「安到麼个名？」則是問對方的姓名，必需回答全名。

2. 年齡的問法與回答

「幾多歲？」是一般問法，回答時以數字加「～歲」即可。十一歲以上時，「歲」也可以省略。

(1)吾老弟七歲。Ngaˊ lo` taiˊ qid` se.（我弟弟七歲。）

(2)吾婆今年六十八。Ngaˊ poˇ gimˊ ngienˇ liug` siib bad`.（我奶奶今年六十八歲。）

問年紀輕者或小孩時，一般使用「幾大」，問年長者則使用「年紀有幾多／大」。

(1)若倈仔幾大哩？Ngiaˊ lai e` gid` tai le`?（你兒子多大了？）

(2)王教授年紀有幾多哩？Vongˇ gau su ngienˇ gi` iuˊ gid` doˊ le`?（王教授多大年紀了？）

3. 名詞修飾語與「个」的有無

人稱代詞作為名詞修飾語可以直接連接親屬名詞或所屬單位，不需「个」。

吾公	nga´ gung´（我爺爺）	若爸	ngia´ ba´（你爸爸）
厥姆	gia´ me´（他媽媽）	𠊎兜學校	ngai´ deu´ hog gau`（我們學校）
你兜公司	nˇ deu´ gung´ sii´（你們公司）	佢兜班	giˇ deu´ ban´（他們班）
日本朋友	Ngid` Bun` penˇ iu´（日本朋友）	米國大學生	Miˇ Gued` tai hog sang´（美國大學生）

4. 動詞「係」的有無

　　描述年齡或年次的肯定句，可以不用「係」。

⑴吾妹仔今年三十一歲。Nga´ moi e` gim´ ngienˇ sam´ siib id` se.（我女兒今年三十一歲。）

⑵厥姊今年大學四年生，老妹今年高中三年生。Gia´ ji` gim´ ngienˇ tai hog xi ngienˇ sen´, lo` moi gim´ ngienˇ go´ zung´ sam´ ngienˇ sen´.（她姐姐今年大學四年級，妹妹今年高中三年級。）

⑶吾哥今年毋係二十歲。Nga´ go´ gim´ ngienˇ mˇ he ngi siib se.（我哥哥今年不是二十歲。）

• 新詞補充 xin´ ciiˇ bu` cung´ 21

老弟	lo` tai´（弟弟）	阿婆	a´ poˇ（奶奶）
倈仔	lai e`（兒子）	教授	gau su（教授）
阿公	a´ gung´（爺爺）	阿爸	a´ ba´（爸爸）
阿姆	a´ me´（媽媽）	學校	hog gau`（學校）
公司	gung´ sii´（公司）	班	ban´（班）

日本	Ngid` Bun`（日本）	米國	Mi` Gued`（美國）
妹仔	moi e`（女兒）	阿姊	aˊ ji`（姊姊）
老妹	lo` moi（妹妹）	阿哥	aˊ goˊ（哥哥）

• 練習問題 lien xib mun tiˇ

1. 用拼音符號寫出自己的名字

催姓＿＿＿＿＿＿＿＿＿＿＿＿＿＿＿＿＿＿

催安到＿＿＿＿＿＿＿＿＿＿＿＿＿＿＿＿＿＿

2. 將下列拼音符號注上聲調並改寫成漢字

⑴ Qiang mun, n gui xiang?

＿＿＿＿＿＿＿＿＿＿＿＿＿＿＿＿＿＿＿＿

⑵ Gi on do ma ge miang?

＿＿＿＿＿＿＿＿＿＿＿＿＿＿＿＿＿＿＿＿

⑶ N gim ngien gid tai le?

＿＿＿＿＿＿＿＿＿＿＿＿＿＿＿＿＿＿＿＿

⑷ Xin sang, n gim ngien ngien gi iu gid do le?

＿＿＿＿＿＿＿＿＿＿＿＿＿＿＿＿＿＿＿＿

⑸ Ia ge he nga pen iu, qiang do zii gau.

＿＿＿＿＿＿＿＿＿＿＿＿＿＿＿＿＿＿＿＿

3. 將下列華語翻譯成客語

⑴ 我姓楊。

＿＿＿＿＿＿＿＿＿＿＿＿＿＿＿＿＿＿＿＿

(2) 我叫做王時勇，請多指教。

_____

(3) 這位是誰？

_____

(4) 這位是我的朋友。

_____

(5) 請問你今年多大了？

_____

(6) 你爺爺今年多大年紀？

_____

(7) 我不姓張，我姓楊。

_____

(8) 她姓王，我也姓王。

_____

(9) 我奶奶今年六十八歲。

_____

年糕攪拌

第七課　你這恁久會當無閒無？

Ti qid` ko　Nˇ iaˋ anˋ giuˋ voi dong´ moˇ hanˇ moˇ?

● 會話1 22

阿勇：嗳！恁久無看著，你這恁久會當無閒無？（嗨！
　　　好久不見，你最近忙嗎？）

　　　Oi`! Anˋ giuˋ moˇ kon do`, nˇ iaˋ anˋ giuˋ voi
　　　dong´ moˇ hanˇ moˇ?

阿桃：當無閒，考試當多。你仰般？（很忙，考試很多。
　　　你如何？）

　　　Dong´ moˇ hanˇ, kau` sii dong´ do´. Nˇ ngiongˋ
　　　ban´?

阿勇：偓毋會當無閒，你身體好無？（我不會很忙，妳身
　　　體好嗎？）

　　　Ngaiˇ mˇ voi dong´ moˇ hanˇ, nˇ siin´ ti` ho` moˇ?

阿桃：還做得，若屋下人也好無？（還好，你家人也好
　　　嗎？）

　　　Hanˇ zo ded`, ngia´ vug` ha´ nginˇ ia ho` moˇ?

阿勇：承蒙你，大家都當好。（謝謝，大家都很好。）
　　　Siinˇ mungˇ nˇ, tai ga´ du dong´ ho`.

阿桃：恁樣盡好。（這樣很好。）
　　　An` ngiongˇ qin ho`.

會話2 23

阿桃：這隻黃梨幾多錢？（這個鳳梨多少錢？）
　　　Ia` zag` vong´ li´ gid` do´ qien´?

頭家：（這隻）一百二十個銀。（（這個）一百二十元。）
　　　(Ia` zag) id` bag` ngi siib ge ngiun´.

阿桃：忒貴哩。該隻細隻仔幾多錢？（太貴了。那個小個
　　　的多少錢？）
　　　Ted` gui le`. Ge zag` se zag` e gid` do´ qien´?

頭家：細隻仔較便宜，八十箍。（小個的比較便宜，八十
　　　塊。）
　　　Se zag` e ka pien´ ngi´, bad` siib kieu´.

阿桃：好食無？（好吃嗎？）
　　　Ho` siid mo´?

頭家：包你好食，盡甜，毋會酸。（包你好吃，很甜，不
　　　會酸。）
　　　Bau´ n´ ho` siid, qin tiam´, m´ voi son´.

新詞 xin´ cii´ 24

恁久無看著	an` giu` mo´ kon do`（好久不見）	這恁久	ia` an` giu`（最近）
會	voi（會）	當	dong´（很）
無閒	mo´ han´（忙碌）	考試	kau` sii（考試）

多	do´（多）	仰般	ngiong` ban´（如何、怎樣）
身體	siin´ ti`（身體）	好	ho`（好）
還做得	han ˇ zo ded`（還好）	屋下人	vug` ha´ ngin ˇ（家人）
大（齊）家	tai (qid`) ga´（大家）	都	du（都）
恁樣	an` ngiong ˇ（這樣）	盡	qin（很）
隻	zag`（個）	黃梨	vong ˇ li ˇ（鳳梨）
幾多錢	gid` do´ qien ˇ（多少錢）	頭家	teu ˇ ga´（老闆）
銀	ngiun ˇ（錢）	忒	ted`（太）
貴	gui（貴）	細隻	se zag`（小個）
較	ka（比較）	便宜	pien ˇ ngi ˇ（便宜）
箍	kieu´（塊錢）	好食	ho` siid（好吃）
包	bau´（包）	甜	tiam ˇ（甜）
酸	son´（酸）		

● 語法ngi´ fab`

1. 表示可能性的助動詞「（毋）會」

　　⑴這楊桃會酸無？Ia` iong ˇ to ˇ voi son´ mo ˇ？（這楊桃會酸嗎？）

　　⑵天光日毋會好天。Tien´ gong´ ngid` m ˇ voi ho`

tien´.（明天天氣不好。）

2. 形容詞謂語句

形容詞當謂語時通常伴隨出現副詞「當」。肯定句的「當」只是文法上需要，幾乎沒有「很」的意思。

⑴這恁久天氣當好。Ia` an` giu` tien´ hi dong´ ho`.
（最近天氣很好。）

⑵私立大學个學費當貴。Sii´ lib tai hog ge hog fi dong´ gui.（私立大學的學費很貴。）

不使用「當」的形容詞謂語句通常具有與其他比較的意思。

⑴新竹風大，宜蘭雨多。Xin´ Zug` fung´ tai, Ngiˇ Lanˇ i` do´.（新竹風大，宜蘭雨多。）

⑵阿姆煮菜鹹，阿嫂煮菜淡。A´ me´ zu` coi hamˇ, a´ so` zu` coi tam´.（媽媽煮的菜鹹，嫂嫂煮的菜淡。）

否定時在形容詞前面加上助動詞「毋（會）」即可。

⑴客語認證考試毋會難。Hag` ngi´ ngin ziin kau` sii mˇ voi nan´.（客語認證考試不難。）

⑵這苦瓜毋會苦。Ia` fu` gua´ mˇ voi fu`.（這苦瓜不苦。）

⑶該條歌毋好聽。Ge tiauˇ go´ mˇ ho` tang´.（那首歌不好聽。）

3. 性狀指示代詞

近稱	遠稱	不定稱
恁樣an` ngiongˇ 恁仔an` eˇ	該恁樣ge an` ngiongˇ 該恁仔ge an` eˇ	仰般ngiong` banˊ 仰仔ngiong` eˇ

(1)恁樣个事當耗鷔。An` ngiongˇ ge sii dongˊ hauˊ xiauˇ.（這種事很誇大不實。）

(2)該恁樣个人無用。Ge an` ngiongˇ ge nginˇ moˇ iung.（那種人很沒出息。）

(3)仰般寫正好？Ngiong` banˊ xia` zang ho`?（怎樣寫才好呢？）

4. 副詞「也」和「都」

(1)阿爸阿姆也當歡喜。Aˊ baˊ aˊ meˊ ia dongˊ fonˊ hi`.（爸媽也都很高興。）

(2)𠊎兜都係苗栗人。Ngaiˇ deuˊ du he Meuˇ Lid nginˇ.（我們都是苗栗人。）

5. 形容詞的比較用法

原級	寒honˇ	
比較級	當寒dongˊ honˇ	較寒ka honˇ
最高級	盡寒qin honˇ	忒寒ted` honˇ

新詞補充 xin´ cii´ bu` cung´ 25

楊桃	iong´ to`（楊桃）	天光日	tien´ gong´ ngid`（明天）
好天	ho` tien´（好天氣）	天氣	tien´ hi（天氣）
私立大學	sii´ lib tai hog（私立大學）	學費	hog fi（學費）
新竹	Xin´ Zug`（新竹）	風	fung´（風）
宜蘭	Ngi´ Lan´（宜蘭）	雨	i`（雨）
煮菜	zu` coi（做菜）	鹹	ham´（鹹）
阿嫂	a´ so`（嫂嫂）	淡	tam´（淡）
客語認證考試	hag` ngi´ ngin ziin kau` sii（客語認證考試）	難	nan´（難）
苦瓜	fu` gua´（苦瓜）	苦	fu`（苦）
條	tiau´（首、條）	歌	go´（歌）
好聽	ho` tang´（好聽）	事	sii（事情）
耗潦	hau´ xiau´（誇大不實）	無用	mo´ iung（沒出息）
寫	xia`（寫）	歡喜	fon´ hi`（高興）
苗栗	Meu´ Lid（苗栗）		

● 練習問題lien xib mun tiˇ

1. 將下列拼音符號注上聲調並改寫成漢字

　(1) Gi he nga pen iu, gi ia an giu dong mo han.

　_____

　(2) Ngai ia dong mo han, ngai deu dong giu mo kon do le.

　_____

　(3) Gi siin ti dong ho, gi vug ha ngin ia dong ho.

　_____

　(4) Ia zag dong pien ngi.

　_____

　(5) Ge zag bau n ho siid.

　_____

2. 以否定形回答下列問題

　(1) 這隻黃梨好食無？

　_____

　(2) 這恁久考試會當多無？

　_____

　(3) 今晡日天氣仰般？

　_____

　(4) 這隻會貴無？

　_____

　(5) 若姆煮菜會鹹無？

　_____

3. 改成正確的句子
   (1) 偃係這恁久當無閒。

   _____

   (2) 你身體係好無？

   _____

   (3) 偃兜學校學生多。

   _____

   (4) 細隻仔較係便宜。

   _____

   (5) 天光日無會好天。

   _____

4. 將下列華語翻譯成客語
   (1) 好久不見，最近忙嗎？

   _____

   (2) 你家人也都好嗎？

   _____

   (3) 我身體還可以。

   _____

   (4) 那個小的多少錢？

   _____

   (5) 這個鳳梨不貴。

   _____

第八課　你愛去哪？

Ti bad` ko　N˘ oi hi nai?

 會話1 26

阿勇：你逐日幾多點䟓床？（你每天幾點起床?）

　　　N˘ dag` ngid` gid` do´ diam` hong cong˘?

阿桃：偓七點二十分䟓床。（我七點二十分起床。）

　　　Ngai˘ qid` diam` ngi siib fun´ hong cong˘.

阿勇：你幾多點對屋下出來？（你幾點從家裡出來?）

　　　N˘ gid` do´ diam` do vug` ha´ cud` loi˘?

阿桃：大約八點半。（大約八點半）

　　　Tai iog` bad` diam` ban.

阿勇：你朝晨頭食麼个？（你早上吃什麼?）

　　　N˘ zeu´ siin˘ teu˘ siid ma` ge?

阿桃：偓大部分食麵包同牛乳。（我大部分吃麵包喝牛奶。）

　　　Ngai˘ tai pu fun siid mien bau´ tung˘ ngiu˘ nen.

 會話2 27

阿桃：下課後你愛去哪？（下課後你要去哪裡?）

　　　Ha´ ko heu n˘ oi hi nai?

039

阿勇：偓愛去超市買東西。（我要去超市買東西。）

　　　Ngaiˇ oi hi ceuˊ sii maiˊ dungˊ xiˊ.

阿桃：偲兩儕共下去好無？（我們兩個一起去好不好？）

　　　Enˊ liongˋ saˇ kiung ha hi hoˋ moˇ?

阿勇：好啊！偓十二點十五分在學校門口等你。（好
　　　啊！我十二點十五分在校門口等你。）

　　　Hoˋ a! Ngaiˇ siib ngi diamˋ siib ngˋ funˊ do hog
　　　gauˋ munˇ heuˋ denˋ nˇ.

阿桃：愛準時哦！（要準時喔！）

　　　Oi zunˋ siiˇ o!

新詞 xinˊ　ciiˇ 28

逐日	dagˋ ngidˋ（每天）	幾多點	gidˋ doˊ diamˋ（幾點）
跔床	hong congˇ（起床）	對	do（從）
出來	cudˋ loiˇ（出來）	大約	tai iogˋ（大約）
朝晨頭	zeuˊ siinˇ teuˇ（早上）	食	siid（吃）
大部分	tai pu fun（大部分）	麵包	mien bauˊ（麵包）
同	tungˇ（和）	牛乳	ngiuˇ nen（牛奶）
下課	haˊ ko（下課）	後	heu（後）
愛	oi（要）	去	hi（去）
哪	nai（哪裡）	超市	ceuˊ sii（超市）
買	maiˊ（買）	東西	dungˊ xiˊ（東西）
偲兩儕	enˊ liongˋ saˇ（我們兩個）	共下	kiung ha（一起）
在	do（在）	學校	hog gauˋ（學校）

門口	munˇ heuˋ（門口）	準時	zunˋ siiˇ（準時）

● 語法ngiˊ fabˋ

1. 場所指示代詞

近稱	遠稱	不定稱
這位iaˋ vi 這搭仔iaˋ dab eˋ 這片 iaˋ pienˋ	該位ge vi 該搭仔ge dab eˋ 該片ge pienˋ	哪位nai vi 哪搭仔nai dab eˋ 哪片nai pienˋ

⑴這位盡恬。Iaˋ vi qin diamˊ.（這裡很安靜。）

⑵該搭仔當鬧熱。Ge dab eˋ dongˊ nau ngied.（那一帶很熱鬧。）

⑶哪片較好？Nai pienˋ ka hoˋ?（哪邊比較好?）

2. 時間的說法

點diamˋ	一點 idˋ diamˋ	兩點liongˋ diamˋ
	三點 samˊ diamˋ	十一點siib idˋ diamˋ
	十二點siib ngi diamˋ	
分funˊ	一分idˋ funˊ	兩分liongˋ funˊ
	三分samˊ funˊ	十分siib funˊ
	四十五分xi siib ngˋ funˊ	
半ban	（30分）	

⑴這下幾多點？Iaˋ ha gidˋ doˊ diamˋ?（現在幾點?）

(2)兩點十分。Liong` diam` siib fun´.（兩點十分。）

(3)六點半。Liug` diam` ban.（六點半。）

(4)差五分十點。Ca´ ng` fun´ siib diam`.（差五分十點。）

(5)九點過四分。Giu` diam` go xi fun´.（九點過四分。）

3. 連詞「同／摎」的用法

表示伴隨者，相當於「和」。

(1)阿昇同阿香結婚。A´ Siin´ tung` A´ Hiong´ gied` fun´.（阿昇和阿香結婚。）

(2)俚摎阿婆共下去食酒。Ngai` lau´ a´ po` kiung ha hi siid jiu`.（我和奶奶一起去喝喜酒。）

4. 動詞謂語句

基本句型：主語＋V＋賓語

(1)俚去日本。Ngai` hi Ngid` Bun`.（我去日本。）

(2)佢食茶。Gi` siid ca`.（他喝茶。）

(3)朋友看電影。Pen` iu´ kon tien iang`.（朋友看電影。）

否定時在動詞前加副詞「毋」。

(1)佢逐日毋食朝。Gi` dag` ngid` m` siid zeu´.（她每天不吃早餐。）

(2)老弟毋讀書。Lo` tai´ m` tug su´.（弟弟不唸書。）

5. 連動句
一個主語使用兩個以上的動詞稱為連動句。
(1)偓去餐廳食飯。Ngaiˇ hi conˊ tangˊ siid fan.（我去餐廳吃飯。）
(2)佢駛車仔來。Giˇ siiˋ caˊ eˋ loiˇ.（他開車來。）
(3)偓兜用客語演講。Ngaiˇ deuˊ iung hagˋ ngiˊ ienˊ gongˋ.（我們用客語演講。）

6. 介詞「在」和「對」
「介詞＋名詞」通常置於動詞或形容詞前，作狀語。

「在」（讀do或di）表示動作或行為進行的場所
(1)偓在臺灣大學讀書。Ngaiˇ do Toiˇ Vanˇ tai hog tug suˊ.（我在台灣大學唸書。）
(2)吾爸在高中教書。Ngaˊ baˊ do goˊ zungˊ gauˊ suˊ.（我爸爸在高中教書。）

「對」（讀do或di）表示時間或場所的起點
(1)寒假對二月開始。Honˇ gaˋ do ngi ngied koiˊ siiˋ.（寒假從二月開始。）
(2)對東勢坐巴士來。Di Dungˊ Sii coˊ ba siiˋ loiˇ.（從東勢乘坐巴士過來。）

7. 助動詞「（毋）愛」的用法
可以單獨作謂語。

⑴這東西你愛無？Iaˋ dungˊ xiˊ nˇ oi moˇ？（這東西你要嗎？）

作狀語，表示想、願意、喜歡、希望、應該等意。

⑴下晝愛來寮無？Haˊ zu oi loiˇ liau moˇ？（下午要不要過來坐坐？）

⑵你愛跈佢去無？Nˇ oi tenˇ giˇ hi moˇ？（你要不要跟他去？）

⑶吾姆毋愛打扮。Ngaˊ meˊ mˇ oi daˋ ban.（我媽媽不喜歡妝扮。）

⑷這擺愛贏。Iaˋ baiˋ oi iangˇ.（這次要贏。）

⑸衫褲愛洗哩！Samˊ fu oi seˋ leˋ！（衣服要洗了！）

● 新詞補充 xinˊ ciiˇ buˋ cungˊ 29

恬	diamˊ（安靜）	鬧熱	nau ngied（熱鬧）
阿昇	Aˊ Siinˊ（阿昇）	阿香	Aˊ Hiongˊ（阿香）
結婚	giedˋ funˊ（結婚）	摎	lauˊ（和）
食酒	siid jiuˋ（喝酒）	茶	caˇ（茶）
看電影	kon tien iangˋ（看電影）	食朝	siid zeuˊ（吃早餐）
讀書	tug suˊ（唸書）	餐廳	conˊ tangˊ（餐廳）
食飯	siid fan（吃飯）	駛	siiˋ（開車）
車仔	caˊ eˋ（車子）	來	loiˇ（來）
用	iung（使用）	演講	ienˊ gongˋ（演講）
教書	gauˊ suˊ（教書）	寒假	honˇ gaˋ（寒假）
開始	koiˊ siiˋ（開始）	東勢	Dungˊ Sii（東勢）

坐	co´（乘坐）	巴士	ba sii`（巴士）
下晝	ha´ zu（下午）	尞	liau（玩）
跈	ten˘（跟從）	打扮	da` ban（妝扮）
贏	iang˘（贏）	衫褲	sam´ fu（衣服）
洗	se`（洗）		

• 練習問題 lien xib mun tiˇ

1. 將下列拼音符號注上聲調並改寫成漢字

　(1) Ngai oi hi ceu sii mai dung xi.

　——————————————————

　(2) N siid ma ge?

　——————————————————

　(3) En liong sa kiung ha hi.

　——————————————————

　(4) Ngai di vug ha den n.

　——————————————————

　(5) Oi zun sii o!

　——————————————————

2. 重組

　(1) 圖書館　後　偓　去　下課　愛

　——————————————————

　(2) 來　駛　偓　學校　車仔

　——————————————————

(3) 麵包　牛乳　朝晨頭　食　偓　同

_____

(4) 在　點　偓　教室　九　你　等

_____

(5) 出來　佢　屋下　八點　對　逐日　半

_____

3. 改成正確的句子
　　(1) 偓超市毋去。

_____

　　(2) 偓十點出來屋下。

_____

　　(3) 偓逐日毋係食朝。

_____

　　(4) 你幾多點來學校無？

_____

　　(5) 偓逐日跔床六點。

_____

4. 將下列華語翻譯成客語
　　(1) 你要去哪？

_____

　　(2) 她從苗栗坐巴士來。

_____

⑶ 你每天幾點睡覺（睡覺：睡目soi mug`）？

_____

⑷ 我早上一般吃麵包喝牛奶。

_____

⑸ 我大約早上八點半從家裡出來。

_____

⑹ 我們一起去超市買東西吧？

_____

⑺ 你爸爸在哪裡上班（上班：上班song´ ban´）？

_____

⑻ 十二點要在學校門口等我喔！

_____

平安戲

第九課　祝你生日快樂

Ti giuˋ ko　Zugˋ nˇ sangˊ ngidˋ kuai log

 會話1 30

阿勇：偃送你一份生日禮物。（我送你一份生日禮物。）

Ngaiˇ sung nˇ idˋ fun sangˊ ngidˋ liˊ vud.

阿桃：正經仔哦！還靚哦！承蒙你。（真的嗎！好漂亮啊！謝謝你。）

Ziin ginˊ e oˇ! Hanˇ jiangˊ oˊ! Siinˇ mungˇ nˇ.

阿勇：毋使客氣。祝你生日快樂！（別客氣。祝你生日快樂！）

Mˇ siiˋ hagˋ hi. Zugˋ nˇ sangˊ ngidˋ kuai log!

阿桃：承蒙你。若个生日係哪久？（謝謝。你的生日是什麼時候？）

Siinˇ mungˇ nˇ. Ngiaˊ ge sangˊ ngidˋ he nai giuˋ?

阿勇：六月十七號。偃係一九九五年出世个。（六月十七號。我是一九九五年出生的。）

Liugˋ ngied siib qidˋ ho. Ngaiˇ he idˋ giuˋ giuˋ ngˋ ngienˇ cudˋ se ge.

阿桃：恁樣講，偃比你細一歲唷。（這麼說，我比你小一歲囉。）

Anˋ ngiongˇ gongˋ, ngaiˇ biˋ nˇ se idˋ se ioˊ.

會話2　31

阿桃：你係毋係逐日有課？（你是不是每天有課？）

　　　Nˇ he mˇ he dag` ngid` iuˊ ko?

阿勇：毋係，𠊎禮拜二同禮拜四無課。（不是，我週二
　　　和週四沒課。）

　　　Mˇ he, ngaiˇ liˊ bai ngi tungˇ liˊ bai xi moˇ ko.

阿桃：無課个時節你做麼个？（沒課的時候你做什麼？）

　　　Moˇ ko ge siiˇ jied` nˇ zo maˋ ge?

阿勇：𠊎去打工。你呢？（我去打工。你呢？）

　　　Ngaiˇ hi daˋ gungˊ. Nˇ neˇ?

阿桃：𠊎參加學校个社團活動。𠊎係客家研究社个。

　　　（我參加學校的社團活動。我是客家研究社的。）

　　　Ngaiˇ camˊ gaˊ hog gau` ge sa tonˇ fad tung.
　　　Ngaiˇ he hag` gaˊ ngienˊ giu sa ge.

阿勇：恁樣哦！𠊎對客家文化乜盡有興趣。（這樣啊！
　　　我對客家文化也很有興趣。）

　　　An` ngiongˇ oˇ! Ngaiˇ dui Hag` gaˊ vunˇ fa me
　　　qin iuˊ him qi.

 新詞 xinˊ ciiˇ　32

送	sung（送）	份	fun（份）
生日	sangˊ ngid`（生日）	禮物	liˊ vud（禮物）
正經	ziin ginˊ（真的）	靚	jiangˊ（漂亮）

毋使	mˇ siiˋ（不必）	客氣	hagˋ hi（客氣）
祝	zugˋ（祝）	快樂	kuai log（快樂）
哪久	nai giuˋ（什麼時候）	月	ngied（月）
號	ho（日）	年	ngienˇ（年）
出世	cudˋ se（出生）	恁樣	anˋ ngiongˇ（這麼）
講	gongˋ（說）	比	biˋ（比）
有	iuˊ（有）	課	ko（課）
禮拜	liˊ bai（禮拜）	時節	siiˇ jiedˋ（時候）
做	zo（做）	打工	daˋ gungˊ（打工）
呢	neˇ（呢）	參加	camˊ gaˊ（參加）
社團	sa tonˇ（社團）	活動	fad tung（活動）
客家研究社	hagˋ gaˊ ngienˊ giu sa（客家研究社）	對	dui（對）
興趣	him qi（興趣）		

● 語法ngiˊ fabˋ

1. 二重目的語

動詞有兩個目的語時，按 V ＋「給誰」＋「東西」之語順陳述。

⑴胡先生教倕兜客話。Fuˇ xinˊ sangˊ gauˊ ngaiˇ deuˊ hagˋ fa.（胡老師教我們客語。）

⑵倕分老弟一垤光碟。Ngaiˇ bunˊ loˋ taiˊ idˋ de gongˊ tiab.（我給弟弟一張光碟。）

2. 表示禁止的說法

「毋使」「毋好mˇ hoˋ」「莫mog」是助動詞，置於動詞前表示禁止或制止。

(1)擎手就好，毋使講話。Kiaˇ suˋ qiu hoˋ, mˇ siiˋ gongˋ fa. (舉手即可，不必說話。)

(2)請大家毋好看書。Qiangˋ tai gaˊ mˇ hoˋ kon suˊ. (請大家不要看書。)

(3)佢毋係好人，莫同佢交陪。Giˇ mˇ he hoˋ nginˇ, mog tungˇ giˇ gauˊ piˇ. (他不是好人，不要跟他往來。)

3. 年、月、日、星期的說法

年	一九八七年 idˋ giuˋ badˋ qidˋ ngienˇ	二〇一三年 ngi kung idˋ samˊ ngienˇ
月	一月idˋ ngied	二月ngi ngied
	三月samˊ ngied	十一月siib idˋ ngied
	十二月siib ngi ngied	
號	一號idˋ ho	二號ngi ho
	三號samˊ ho	三十號samˊ siib ho
	三十一號samˊ siib idˋ ho	
禮拜	禮拜一liˊ bai idˋ	禮拜二liˊ bai ngi
	禮拜三liˊ bai samˊ	禮拜四liˊ bai xi
	禮拜五liˊ bai ngˋ	禮拜六liˊ bai liugˋ
	禮拜日liˊ bai ngidˋ	

【疑問詞】哪年？nai ngienˇ？（麼个年？maˋ ge ngienˇ？）

哪月？nai ngied？（麼个月？maˋ ge ngied？）

哪日？nai ngid` （麼个日？ma` ge ngid`？）

禮拜幾？li´ bai gi`？

4. 「係～个」的用法

「係～个」把焦點置於已經發生動作的時間、場所或方式，作一客觀委婉的說明。

(1)先生係對花蓮來个。Xin´ sang´ he di Fa´ Lienˇ loiˇ ge. （老師是從花蓮來的。）

(2)𠊎毋係舊年畢業个。Ngaiˇ mˇ he kiu ngienˇ bid` ngiab ge. （我不是去年畢業的。）

(3)佢係前年去中國个。Giˇ he qienˇ ngienˇ hi Zung´ Gued` ge.（他是前年去中國的。）

5. 使用「比」的比較表現

基本句型：A比B＋比較的結果

---

(1)今晡日比昨晡日熱。Gim´ bu´ ngid` bi` co´ bu´ ngid` ngied.（今天比昨天熱。）

(2)𠊎比佢高五公分。Ngaiˇ bi` giˇ go´ ngˇ gung´ fun´.（我比他高五公分。）

否定時以「A無B（恁）～」的形式陳述。

(1)吾个客話無佢恁好。Nga´ ge hag` fa moˇ giˇ an` ho`.（我的客語沒他這麼好。）

⑵這間房間無該間恁屙糟。Ia` gien´ fong´ gien´ mo˘ ge gien´ an` o´ zo˘.（這間房間沒那間這麼髒。）

6. 「肯定＋（抑）＋否定」構成的疑問表現
相當於「肯定＋無？」。

⑴恁樣寫，係抑毋係？An` ngiong˘ xia`, he ia m˘ he?（這樣寫，是不是？）

⑵恁樣講好毋好？An` ngiong˘ gong` ho` m˘ ho`?（這樣說好不好？）

7. 使用語氣助詞「呢」的疑問句
「呢」直接接在名詞或句子之後，有ne˘或no`兩種讀法。

⑴𠊎食麥酒，你呢？Ngai˘ siid mag jiu`, n˘ ne`?（我喝啤酒，你呢？）

⑵你仰會恁衰呢？N˘ ngiong` voi an` soi´ no`?（你怎麼會這麼倒楣呢？）

● 新詞補充 xin´ cii˘ bu` cung´ 33

胡	Fu˘（胡）	分	bun´（給）
垤	de（張、片）	光碟	gong´ tiab（光碟）
擎手	kia˘ su`（舉手）	就	qiu（就）
講話	gong` fa（說話）	看書	kon su´（看書）
好人	ho` ngin˘（好人）	交陪	gau´ pi˘（往來）

花蓮	Faˊ Lienˇ（花蓮）	舊年	kiu ngienˇ（去年）
畢業	bidˋ ngiab（畢業）	前年	qienˇ ngienˇ（前年）
中國	Zungˊ Guedˋ（中國）	今晡日	gimˊ buˊ ngidˋ（今天）
昨晡日	coˊ buˊ ngidˋ（昨天）	高	goˊ（高）
公分	gungˊ funˊ（公分）	間	gienˊ（間）
房間	fongˇ gienˊ（房間）	屙糟	oˊ zoˊ（骯髒）
麥酒	mag jiuˋ（啤酒）	衰	soiˊ（倒楣）

• 練習問題 lien xib mun tiˇ

1. 以拼音符號回答下列問題

   (1) Nˇ he nai ngienˇ cudˋ se ge?

   ——————————————————————

   (2) Nˇ liˊ bai giˋ iuˊ ko?

   ——————————————————————

   (3) Moˇ ko ge siiˇ jiedˋ nˇ zo maˋ ge?

   ——————————————————————

   (4) Nˇ dui hagˋ gaˊ vunˇ fa iuˊ him qi moˇ?

   ——————————————————————

   (5) Nˇ iuˊ camˊ gaˊ hog gauˋ ge sa tonˇ fad tung moˇ?

   ——————————————————————

2. 改成正確的句子

   (1) 吾老弟比倕當高。

   ——————————————————————

(2) 先生比吾爸七歲細。

_____

(3) 新竹毋係臺北恁鬧熱。

_____

(4) 低係一九九八年出世。

_____

(5) 下課後低去做打工。

_____

3. 將下列華語翻譯成客語
   (1) 祝你生日快樂！

_____

   (2) 我是八十六年生的。

_____

   (3) 姊姊比我大三歲。

_____

   (4) 我星期六和星期日要打工。

_____

   (5) 我對客家文化沒興趣。

_____

   (6) 胡老師教你們客語，張老師呢？

_____

   (7) 他是從花蓮來的。

_____

   (8) 舉手就好，不必說話。

_____

第十課　吾屋下有六個人

Ti siib ko　Ngaˊ vugˋ haˊ iuˊ liugˋ ge nginˇ

 會話1 🔘 34

阿勇：你歇哪位？（你住哪裡？）
　　　Nˇ hed nai vi?

阿桃：𠊎歇板橋。（我住板橋。）
　　　Ngaiˇ hed Biongˊ Kieuˇ.

阿勇：若屋下有麼个人？（你家裡有什麼人？）
　　　Ngiaˊ vugˋ haˊ iuˊ maˋ ge nginˇ?

阿桃：有阿爸、阿姆、一個阿姊、兩個老弟。你呢？
　　　（有爸爸、媽媽、一個姊姊、兩個弟弟。你呢？）
　　　Iuˊ aˊ baˊ, aˊ meˊ, idˋ ge aˊ jiˋ, liongˋ ge loˋ taiˊ.
　　　Nˇ neˇ?

阿勇：吾屋下正三個人定定。𠊎無兄弟姊妹。（我家只
　　　有三個人而已。我沒有兄弟姊妹。）
　　　Ngaˊ vugˋ haˊ zang samˊ ge nginˇ tin tin. Ngaiˇ
　　　moˇ hiungˊ ti jiˋ moi.

阿桃：若爸在哪位食頭路？（你爸爸在哪裡工作？）
　　　Ngiaˊ baˊ do nai vi siid teuˇ lu?

阿勇：佢係職員，在建設公司上班。（他是職員，在建設
　　　公司上班。）
　　　Giˇ he ziidˋ ienˇ, do gien sadˋ gungˊ siiˊ songˊ

ban´.

阿桃：若个房間肚有麼个東西？（你房間裡有些什麼東西？）

Ngia´ ge fong˘ gien´ du` iu´ ma` ge dung´ xi´?

阿勇：有一張眠床、一張書桌、兩張凳仔還過書櫃。書櫃頂有當多書。（有一張床、一張書桌、兩張椅子還有書櫃。書櫃上有很多書。）

Iu´ id` zong´ min˘ cong˘, id` zong´ su´ zog`, liong` zong´ den e` han˘ go su´ kui. Su´ kui dang` iu´ dong´ do´ su´.

會話2 35

阿勇：哪位無爽快係無？（哪裡不舒服是嗎？）

Nai vi mo˘ song` kuai he mo˘?

阿桃：頭那痛還過緊流濞。（頭痛還有一直流鼻涕。）

Teu˘ na´ tung han˘ go gin` lau˘ pi.

阿勇：幾時開始个？（什麼時候開始的？）

Gid` sii˘ koi´ sii` ge?

阿桃：有一禮拜了。（有一個禮拜了。）

Iu´ id` li´ bai lio´.

阿勇：會嗽無？（會咳嗽嗎？）

Voi cug mo˘?

阿桃：毋會講當嚴重，下把嗽一下仔。（不會說很嚴重，偶爾咳一下。）

Mˇ voi gongˋ dongˊ ngiamˇ cung, ha baˋ cug idˋ ha eˋ.

阿勇：有發燒哦！驚怕係寒著哩。（有發燒喔！恐怕是感冒了。）

Iuˊ fadˋ seuˊ oˊ! Giangˊ pa he honˇ doˋ leˋ.

阿桃：試著圓身無力，腰骨酸軟。（感覺全身無力，腰酸背痛。）

Cii doˋ ienˇ siinˊ moˇ lid, ieuˊ gudˋ sonˊ ngionˊ.

阿勇：煞煞去看醫生，看愛食藥仔抑係注射。（趕快去看醫生，看是要吃藥還是打針。）

Sadˋ sadˋ hi kon iˊ senˊ, kon oi siid iog eˋ ia he zu sa.

• 新詞 xinˊ ciiˇ 36

歇	hed（住）	板橋	Biongˊ Kieuˇ（板橋）
正	zang（才）	個	ge（個）
定定	tin tin（而已）	兄弟姊妹	hiungˊ ti jiˋ moi（兄弟姊妹）
食頭路	siid teuˇ lu（工作）	建設公司	gien sadˋ gungˊ siiˊ（建設公司）
上班	songˊ banˊ（上班）	（裡）肚	(diˊ) duˋ（裡面）
張	zongˊ（張）	眠床	minˇ congˇ（床）
書桌	suˊ zogˋ（書桌）	凳仔	den eˋ（椅子）
還過	hanˇ go（還有）	書櫃	suˊ kui（書櫃）
爽快	songˋ kuai（舒服）	頭那	teuˇ naˇ（頭）

痛	tung（痛）	緊	gin`（一直）
流濞	lauˇ pi（流鼻涕）	嗽	cug（咳嗽）
嚴重	ngiamˇ cung（嚴重）	下把	ha ba`（偶爾）
一下仔	id` ha e`（一下）	發燒	fad` seuˊ（發燒）
驚	giangˊ（恐怕）	怕	pa（恐怕）
寒著	honˇ do`（感冒）	試著	cii do`（感覺）
圓身	ienˇ siinˊ（全身）	無力	moˇ lid（無力）
腰骨	ieuˊ gud`（腰）	酸軟	sonˊ ngionˊ（酸痛無力）
煞煞	sad` sad`（快快）	藥仔	iog e`（藥）
注射	zu sa（打針）		

● 語法 ngiˊ fab`

1. 「有／無」的用法

   (1) 基本動詞，表示存在、所有

     ①偓有自行車。Ngaiˇ iuˊ cii hangˇ caˊ.（我有自行車。）

     ②該搭仔有人歇。Ge dab e` iuˊ nginˇ hed.（那一帶有人住。）

     ③這位無便所。Ia` vi moˇ pien so`.（這裡沒有廁所。）

   (2) 助動詞，表示從事或經歷過某種動作活動，或表示達到了某目的、效果

     ①衫褲有洗淨無？Samˊ fu iuˊ se` qiang moˇ?（衣

服有洗乾淨嗎？）

②豬肉無煮熟。Zuˊ ngiugˋ moˇ zuˋ sug.（豬肉沒有煮熟。）

(3) 動詞補語，表示動作活動已完成，或目的願望已達成

①阿公胃口當好，食有兩碗飯。Aˊ gungˊ vi heuˋ dongˊ hoˋ, siid iuˊ liongˋ vonˋ fan.（爺爺胃口很好，吃有兩碗飯之多。）

②佢無興趣，搞無兩擺。Giˇ moˇ him qi, gauˋ moˇ liongˋ baiˋ.（他沒興趣，玩不到兩次。）

2. 量詞

隻	一隻麵包idˋ zagˋ mien bauˊ	二隻石牯liongˋ zagˋ sagˋ guˋ
	三隻碗samˊ zagˋ vonˋ	
張	一張郵票idˋ zongˊ iuˇ pieu	二張桌liongˋ zongˊ zogˋ
	三張紙samˊ zongˊ ziiˋ	
本	一本雜誌idˋ bunˋ cab zii	二本小說liongˋ bunˋ seuˋ sodˋ
	三本書samˊ bunˋ suˊ	
支	一支遮仔idˋ giˊ zaˊ eˋ	二支菸liongˋ giˊ ienˊ
	三支筆samˊ giˊ bidˋ	
雙	一雙鞋idˋ sungˊ haiˇ	二雙筷仔liongˋ sungˊ kuai eˋ
	三雙襪samˊ sungˊ madˋ	
杯	一杯酒idˋ biˊ jiuˋ	二杯牛乳liongˋ biˊ ngiuˇ nen
	三杯咖啡samˊ biˊ gaˊ biˊ	

註：二在序數的時候讀做「ngi」，量詞前則讀作「liongˋ」。

3. 方位詞和名詞場所化

（裡）肚	山（裡）肚san´（di´）du`	屋肚vug` du`
片	右片iu pien`	左片zo` pien`
	東片dung´ pien`	西片xi´ pien`
下	腳下giog` ha´	桌下zog` ha´
項	地泥項ti nai˘ hong	角項gog` hong
背	後背heu boi	外背ngoi boi
頂	頭那頂teu˘ na˘ dang`	冰箱頂ben´ xiong´ dang`

名詞必須要添加方位詞才能成為場所詞。例如「桌」是家具的名稱，「桌下」才是場所詞。

⑴教室肚有當多學生。Gau siid` du` iu´ dong´ do´ hog sang´.（教室裡有很多學生。）

⑵桌下有一條貓仔。Zog` ha´ iu´ id` tiau˘ meu e`.（桌底下有一條貓。）

4.「多」的用法

「多」作為名詞修飾語時，與一般的形容詞不同，前面一定要加上「當」。

催有當多（个）朋友。　　　×多（个）朋友

佢買當多（个）書。　　　×多（个）書

5. 助動詞「驚（怕）」

⑴催毋敢半夜出門驚看著鬼。Ngai˘ m˘ gam` ban ia cud` mun˘ giang´ kon do` gui`.（我不敢半夜出門怕看到鬼。）

(2)雨恁大，驚怕愛做水災哩！I` an` tai, giang´ pa oi zo sui` zai´ le`!（雨這麼大，恐怕要鬧水災了！）

6. 形容詞修飾動詞

形容詞除了能當名詞修飾語以及謂語之外，也能當狀語。

(1)你遽來啊！Nˇ giag` loiˇ a!（你快來呀！）

(2)早朒个鳥仔有蟲食。Zo` hong ge diau´ e` iu´ cungˇ siid.（早起的鳥有蟲吃。）

(3)佢當認真讀書。Giˇ dong´ ngin ziin´ tug su´.（他很認真唸書。）

形容詞也可藉由重疊式構詞來修飾動詞，構造助詞「个」可以省略。

(1)明年打醮愛鬧熱鬧熱个請一擺客。Mangˇ ngienˇ da` zeu oi nau ngied nau ngied ge qiang` id` bai` hag`.（明年大拜拜要熱熱鬧鬧地請一次客。）

(2)毋好憨憨个企在該。Mˇ ho` ngong ngong ge ki´ do ge.（不要傻傻地站在那。）

7. 使用「抑係」的選擇疑問句

「抑係」是接續詞，表示「還是」的意思。

(1)你愛食茶抑係咖啡？Nˇ oi siid caˇ ia he ga´ bi´?（你要喝茶還是咖啡？）

(2)你係客人抑係學老人？Nˇ he hag` nginˇ ia he hog lo` nginˇ?（你是客家人還是閩南人？）

● 新詞補充xin´ cii˘ bu` cung´ 37

自行車	cii hang˘ ca´（自行車）	便所	pien so`（廁所）
淨	qiang（乾淨）	豬肉	zu´ ngiug`（豬肉）
煮	zu`（煮）	熟	sug（熟）
胃口	vi heu`（胃口）	碗	von`（碗）
搞	gau`（玩）	石牯	sag gu`（石頭）
郵票	iu˘ pieu（郵票）	紙	zii`（紙）
小說	seu` sod`（小說）	遮仔	za´ e`（傘）
菸	ien´（菸）	筆	bid`（筆）
鞋	hai˘（鞋）	筷仔	kuai e`（筷子）
襪	mad`（襪子）	酒	jiu`（酒）
咖啡	ga´ bi´（咖啡）	敢	gam`（敢）
半夜	ban ia（半夜）	鬼	gui`（鬼）
做水災	zo sui` zai´（鬧水災）	遽	giag`（快）
鳥仔	diau´ e`（鳥）	蟲	cung˘（蟲）
認真	ngin ziin´（認真）	讀書	tug su´（唸書）
明年	mang˘ ngien˘（明年）	打醮	da` zeu（大拜拜）
憨	ngong（傻）	企	ki´（站）
學老人	hog lo` ngin˘（閩南人）		

● 練習問題lien xib mun ti˘

1. 將下列語詞翻譯成客語

   (1) 這個學生

(2) 那三人

_____

(3) 兩位老師

_____

(4) 這兩個石頭

_____

(5) 那五張郵票

_____

2. 重組
  (1) 新北市（Xinˊ Bedˋ sii）　𠊎　板橋　歇　个

_____

  (2) 吾爸　在　無　上班　該位

_____

  (3) 个　支　遮仔　麼人　這　係

_____

  (4) 房間　一張　老弟　个　肚　有　眠床

_____

  (5) 圓身　腰骨　試著　酸軟　無力

_____

3. 改成正確的句子
  (1) 今晡日个報紙在桌。

_____

(2) 教室肚毋有電腦。

_____

(3) 吾屋下肚有六個人。

_____

(4) 書櫃頂有多書還過詞典。

_____

(5) 驚係怕寒著哩。

_____

4. 將下列華語翻譯成客語

(1) 你家都有些甚麼人？

_____

(2) 我家只有兩個人而已。

_____

(3) 這本書是我的。那把傘是學校的。

_____

(4) 房間裡有很多椅子。

_____

(5) 左邊有一張床，右邊有一個書櫃。

_____

(6) 我頭痛而且一直流鼻涕。

_____

(7) 不會說很嚴重，偶爾咳一下而已。

_____

(8) 趕快去看醫生，看是要吃藥還是打針。

_____

第十一課　偓出國去寮哩

Ti siib id` ko　Ngaiˇ cud` gued` hi liau le`

 會話1 38

阿勇：這一駁仔你去哪位哩？（最近你去哪裡了？）

　　　Ia` id` bog` e` nˇ hi nai vi le`?

阿桃：偓出國去寮哩。去東京賞櫻花。（我出國去玩了。
　　　去東京賞櫻花。）

　　　Ngaiˇ cud` gued` hi liau le`. Hi Dung´ Gin´ song`
　　　in´ fa´.

阿勇：櫻花開到仰般？（櫻花開得怎麼樣？）

　　　In´ fa´ koi´ do ngiog` ban´?

阿桃：靚到講毋得。偓在該翕當多相片。（漂亮得無法形
　　　容。我在那裡拍了很多照片。）

　　　Jiang´ do gong` mˇ ded`. Ngaiˇ do ge hib` dong´
　　　do´ xiong pien`.

阿勇：你係用數位相機翕个無？（你是用數位相機拍的嗎？）

　　　Nˇ he iung su vi xiong gi´ hib` ge moˇ?

阿桃：毋係，偓無帶著，係用手機翕个。（不是，我沒帶
　　　到，是用手機拍的。）

　　　Mˇ he, ngaiˇ moˇ dai do`, he iung su` gi´ hib` ge.

阿桃：你識去過美濃無？（你曾去過美濃嗎？）

　　　Nˇ siid` hi go Miˊ Nungˇ moˇ?

阿勇：偓識去過一擺。你識去過無？（我曾去過一次。你
　　　曾去過嗎？）

　　　Ngaiˇ siid` hi go id` bai`. Nˇ siid` hi go moˇ?

阿桃：偓毋識去過。毋過偓當想愛去。（我不曾去過。但
　　　是我很想去。）

　　　Ngaiˇ mˇ siid` hi go. Mˇ go ngaiˇ dongˊ xiong`
　　　oi hi.

阿勇：美濃同臺北無共樣，人口無多，毋過盡熱情。
　　　（美濃和台北不一樣，人口不多，但是相當熱情。）

　　　Miˊ Nungˇ tungˇ Toiˇ Bed` moˇ kiung iong, nginˇ
　　　kieu` moˇ doˊ, mˇ go qin ngied qinˇ.

阿桃：若係有機會，偓一定去。（若有機會，我一定去。）

　　　Na he iuˊ giˊ fi, ngaiˇ id` tin hi.

阿勇：你這下學會客話哩，應該愛去看看。（你現在學會
　　　客語了，應該去看看。）

　　　Nˇ ia` ha hog voi hag` fa le`, in goiˊ oi hi kon
　　　kon.

新詞 xin´ cii× 40

一駁仔	id` bog` e` (最近)	出國	cud` gued` (出國)
尞	liau (遊玩)	東京	Dung´ Gin´ (東京)
賞	song` (欣賞)	櫻花	in´ fa´ (櫻花)
開	koi´ (開)	到	do (得)
翕	hib` (拍照)	相片	xiong pien` (照片)
數位相機	su vi xiong gi´ (數位相機)	帶著	dai do` (帶到)
手機	su` gi´ (手機)	識	siid` (曾經)
美濃	Mi´ Nung´ (美濃)	共樣	kiung iong (一樣)
人口	ngin´ kieu` (人口)	熱情	ngied qin× (熱情)
若係	na he (若是)	機會	gi´ fi (機會)
一定	id` tin (一定)	應該	in goi´ (應該)

語法 ngi´ fab`

1. 程度補語

　　描述動作、行為進行到甚麼程度，呈現甚麼狀態的補語稱為「程度補語」。通常以「（動詞＋受詞＋）動詞＋到＋形容詞」的形式出現。

　　(1)𠊎昨暗晡食到當飽。Ngai× co´ am bu´ siid do dong´ bau`. (我昨晚吃得很飽。)

　　(2)老妹今晡日睡到當晝。Lo` moi gim´ bu´ ngid` soi do dong´ zu. (妹妹今天睡得很晚。)

(3)佢（講）客話講到當好。Giˇ (gongˋ) hagˋ fa gongˋ do dongˊ hoˋ.（他客語說得很好。）

2. 可能表現「V（毋）得」

(1)去毋得，腳痛毋會行。Hi mˇ dedˋ, giogˋ tung mˇ voi hangˇ.（不能去，腳痛無法行走。）

(2)下晝無麼个事情，來得。Haˊ zu moˇ maˋ ge sii qinˇ, loiˇ dedˋ.（下午沒什麼事情，可以來。）

3. 形容詞的最高級

形容詞的最高級除了使用副詞「盡～」「恁～」之外，也可以以樣態補語「形容詞＋到＋～」的方式表現。

(1)該辣醬辣到講毋得。Ge lad jiong lad do gongˋ mˇ dedˋ.（那辣醬辣到無法形容。）

(2)這柑仔酸到會死。Iaˋ gamˊ eˋ sonˊ do voi xiˋ.（這橘子酸得要命。）

(3)昨晡日熱到佇毋著。Coˊ buˊ ngidˋ ngied do du mˇ diauˇ.（昨天熱到受不了。）

4. 「毋」和「無」

「毋」和「無」都是否定動作、行為的副詞。「毋」表示否定主語的意志和習慣，「無」則是過去式，表示「沒有」的意思。「還沒有～」則使用「還吂」。

(1)佢毋食炸个東西。Giˇ mˇ siid za ge dungˊ xiˊ.（他不吃炸的東西。）

(2)先生昨晡日無來。Xin´ sang´ co´ bu´ ngid` mo˘ loi˘.（老師昨天沒來。）

(3)佢還吂來。Gi˘ han˘ mang˘ loi˘.（他還沒來。）

5. 動詞的經驗貌

> 基本句型：識／有＋V＋過

表示過去的經驗或是過去發生過某動作。否定是「毋識／無」，表示不曾、從來沒有過，「吂識／還吂」則是表示未曾、還沒有過。

(1)𠊎識去過三擺法國。Ngai˘ siid` hi go sam´ bai` Fab` Gued`.（我曾去過三次法國。）

(2)𠊎毋識坐過高鐵。Ngai˘ m˘ siid` co´ go go´ tied`.（我不曾坐過高鐵。）

(3)佢吂識去過歐洲。Ngai˘ mang˘ siid` hi go eu´ zu´.（他還不曾去過歐洲。）

6. 助動詞「想（愛）」和「應該、應當」
「想（愛）」表示意念和希望，「應該、應當」表示道理上應該。

(1)頭暈腦貶想翻。Teu˘ hin˘ no` bien` xiong` pon´.（頭昏腦脹想吐。）

(2)𠊎感冒哩，無想愛食東西。Ngai˘ gam` mo le`, mo˘ xiong` oi siid dung´ xi´.（我感冒了，不想吃東西。）

(3)學生應該好好讀書。Hog sang´ in goi´ ho` ho` tug su´.（學生應該好好唸書。）

(4)你無應當恁樣做。N˘ mo˘ in dong´ an` ngiong˘ zo.（你不應該這麼做。）

7.「（雖然）～毋過」

「毋過」是副詞，針對前節的內容在後節表示反對，意即「不過」的意思。

(1)該領衫雖然好看，毋過盡貴。Ge liang´ sam´ sui´ ien˘ ho` kon, m˘ go qin gui.（那件衣服雖然好看，但是相當貴。）

(2)出國留學雖然好，毋過愛花已多錢。Cud` gued` liu˘ hog sui´ ien˘ ho`, m˘ go oi fa´ i do´ qien˘.（出國留學雖然好，但是要花相當多錢。）

8.「同／摎～（無）共樣」

「和～一樣」的意思，後面也可以出現形容詞。

(1)吾个意見同你無共樣。Nga´ ge i gien tung˘ n˘ mo˘ kiung iong.（我的意見和你不一樣。）

(2)阿哥同阿爸共樣高。A´ go´ tung˘ a´ ba´ kiung iong go´.（哥哥和爸爸一樣高。）

9.表示假定的「（若）係」

複句的一種，表示「如果～的話」的意思。

(1)天光日若係落雨就毋好去。Tien´ gong´ ngid` na

he log i` qiu mˇ ho` hi.（明天若下雨就不要去。）

⑵暗晡夜係無事情，來吾屋下嘹。Am bu´ ia he moˇ sii qinˇ, loiˇ nga´ vug` ha´ liau.（晚上若沒事情，來我家坐坐。）

新詞補充 xin´ ciiˇ bu` cung´ 41

昨暗晡	co´ am bu´（昨晚）	飽	bau`（飽）
睡	soi（睡）	晝	zu（晚、遲）
腳	giog`（腳）	下晝	ha´ zu（下午）
辣醬	lad jiong（辣椒醬）	講毋得	gong` mˇ ded`（無法說明）
柑仔	gam´ e`（橘子）	死	xi`（死）
佇	du（忍受）	著	diauˇ（鉤住、穩固）
炸	za（炸）	還吂	hanˇ mangˇ（還沒）
法國	Fab` Gued`（法國）	高鐵	go´ tied`（高鐵）
歐洲	eu´ zu´（歐洲）	頭暈腦貶	teuˇ hinˇ no` bien`（頭昏腦脹）
翻	pon´（嘔吐）	感冒	gam` mo（感冒）
領	liang´（件）	留學	liuˇ hog（留學）
花	fa´（花費）	已	i（相當、非常）
意見	i gien（意見）	暗晡夜	am bu´ ia（晚上）

• 練習問題 lien xib mun tiˇ

1. 將下列拼音符號注上聲調並改寫成漢字

(1) Ngai ia id bog e cud gued hi liau le.

_____

(2) In fa koi do dong jiang.

_____

(3) Ngai he iung su vi xiong gi hib ge.

_____

(4) Ngai m siid hi go Mi Nung.

_____

(5) Na he iu gi fi ngai id tin hi.

_____

2. 以否定形回答下列問題

(1) 你昨暗晡有食到當飽無？

_____

(2) 你大部分係用手機仔翕相無？

_____

(3) 你想愛食菸無？

_____

(4) 你識坐過飛行機（fiˊ hangˇ giˊ：飛機）無？

_____

(5) 大學同高中有共樣無？

_____

3. 改成正確的句子

(1) 偓今晡日毋來到當早。

_____

(2) 偓昨晡日毋睡到當晝。

_____

(3) 佢講客話到當好。

_____

(4) 吾老弟無識去過日本。

_____

(5) 美濃同臺北毋共樣。

_____

4. 將下列華語翻譯成客語

(1) 她英語說得很好。

_____

(2) 我們學會客語了。

_____

(3) 我曾學過一個月客家話。

_____

(4) 今天睡得很晚。

_____

(5) 弟弟昨天出國去了。

_____

(6) 有機會的話我一定去美濃。

_____

(7) 你們應該好好唸書。

_____

(8) 這個鳳梨和那個西瓜（xiˊ guaˊ）一樣貴。

_____

(9) 美濃人口不多但很熱情。

_____

中元普渡

第十二課　餐廳在哪？

Ti siib ngi ko　Con´ tang´ do nai?

● 會話 1 42

阿桃：這附近有好食个客家菜無？（這附近有好吃的客家
　　　菜嗎？）

　　　Ia` fu kiun iu´ ho` siid ge hag` ga´ coi mo˘?

阿勇：餐廳離這位當遠。你在頭前个路口左轉。（餐廳
　　　離這裡很遠。你在前面的路口左轉。）

　　　Con´ tang´ li˘ ia` vi dong´ ien`. N˘ do teu˘ qien˘
　　　ge lu heu` zo` zon`.

阿桃：敗勢，𠊎聽毋識。（不好意思，我聽不懂。）

　　　Pai˘ se, ngai˘ tang´ m˘ siid`.

阿勇：毋使驚，𠊎同你畫一張地圖。你看，餐廳就在
　　　這位。（沒關係，我幫你畫一張地圖。你看，餐廳就
　　　在這裡。）

　　　M˘ sii` giang´, ngai˘ tung˘ n˘ fa id` zong´ ti tu˘.
　　　N˘ kon, con´ tang´ qiu do ia` vi.

阿桃：行等去愛幾多分鐘？（走著去要幾分鐘？）

　　　Hang˘ den` hi oi gid` do´ fun´ zung´?

阿勇：大概愛成二十分鐘。（大概要二十分鐘左右。）

　　　Tai koi` oi sang˘ ngi siib fun´ zung´.

阿桃：偓知哩。承蒙你。（我知道了。謝謝。）

Ngaiˇ diˊ leˋ. Siinˇ mungˇ nˇ.

阿勇：毋使細義。（別客氣。）

Mˇ siiˋ se ngi.

會話2 43

阿勇：你這下有在屋下無？（你現在在家嗎？）

Nˇ iaˋ ha iuˊ do vugˋ haˊ moˇ?

阿桃：無，偓在學校个圖書館查資料。有麼个事情係
無？（沒有，我在學校的圖書館查資料。有什麼事
嗎？）

Moˇ, ngaiˇ do hog gauˋ ge tuˇ suˊ gonˋ caˊ ziiˊ
liau. Iuˊ maˋ ge sii qinˇ he moˇ?

阿勇：偓朝晨去北埔寮，順續帶兜等路來分你。（我早
上去北埔玩，順便帶些伴手禮來給你。）

Ngaiˇ zeuˊ siinˇ hi Bedˋ Puˊ liau, sun sa dai deuˇ
denˋ lu loiˇ bunˊ nˇ?

阿桃：恁細義哦！吾个作業當多，勞煩你先摎東西搭
在管理員該好無？（這麼客氣呀！我的作業很多，
麻煩你先把東西先寄放在管理員那好嗎？）

Anˋ se ngi oˇ! Ngaˊ ge zogˋ ngiab dongˊ doˊ, loˇ
fanˇ nˇ xienˊ lauˊ dungˊ xiˊ dabˋ do gonˋ liˊ ienˊ
ge hoˋ moˇ?

阿勇：好！毋過你最好打隻電話分佢。（好！不過你最
好先打個電話給他。）

Ho` ! Mˇ go nˇ zui ho` da` zag` tien fa bun´ giˇ.

阿桃：無問題，倔查好就會轉去。承蒙你吓！（沒問
題，我查好就會回去。謝謝你囉！）

Moˇ mun ti`, ngaiˇ ca` ho` qiu voi zon` hi. Siin`
mungˇ n` ha`!

新詞 xin´ cii`

44

餐廳	con´ tang´（餐廳）	離	li´（離）
遠	ien`（遠）	頭前	teuˇ qien`（前面）
路口	lu heu`（路口）	轉	zon`（轉彎）
識	siid`（懂）	畫	fa（畫）
地圖	ti tu`（地圖）	分鐘	fun´ zung´（分鐘）
大概	tai koi`（大概）	成	sangˇ（約～左右）
知	di´（知道）	查	ca`（查）
資料	zii´ liau（資料）	北埔	Bed` Pu´（北埔）
順續	sun sa（順便）	帶	dai（帶）
兜	deu´（一些）	等路	den` lu（伴手禮）
忘	mangˇ（還沒）	忒	ted`（完）
勞煩	loˇ fanˇ（麻煩）	同	tungˇ（介詞，表示受益者）
搭	dab`（寄放）	分	bun´（給）
管理員	gon` li´ ien`（管理員）	最好	zui ho`（最好）
吓	ha`（語氣詞）		

● 語法 ngiˊ fabˋ

1. 介詞「離」

   表示兩點間時間或空間的距離。

   (1)這下離放避暑還有兩個月。Iaˋ ha liˇ biong pidˋ suˋ hanˇ iuˊ liongˋ ge ngied.（現在離放暑假還有兩個月。）

   (2)吾屋下離車頭當遠。Ngaˊ vugˋ haˊ liˇ caˊ teuˇ dongˊ ienˋ.（我家離車站很遠。）

2. 表示存現的「在」

   ┌─────────────────────────────────────┐
   │ 基本句型：（有／無）＋在＋場所名詞 │
   └─────────────────────────────────────┘

   (1)捷運站在學校旁唇。Qiab iun zam coiˊ hog gauˋ pongˇ sunˇ.（捷運站在學校旁邊。）

   (2)課長無在辦公室。Ko zongˋ moˇ coiˊ pan gungˊ siidˋ.（課長不在辦公室。）

3. 可能補語「V識」

   ┌───┐
   │ 基本句型：V＋（得）識／有；V＋毋（得）識／無 │
   └───┘

   (1)你講麼个，𠊎聽毋識。Nˇ gongˋ maˋ ge, ngaiˇ tangˊ mˇ siidˋ.（你說什麼，我聽不懂。）

(2)外國个電影吾姆看毋識。Ngoi gued` ge tien iang` nga´ me´ kon m˘ siid`.(外國電影我媽媽看不懂。)

4. 介詞「同」「摎」

「同」「摎」除了表示伴隨者（第八課）之外，還有以下用法：

A. 表示受益、來源和目標

(1)偓同阿婆買一罐豆油。Ngai˘ tung˘ a´ po˘ mai´ id` gon teu iu˘.（我幫奶奶買一瓶醬油。）

(2)這本書係偓摎同學借个。Ia` bun` su´ he ngai˘ lau´ tung˘ hog jia ge.（這本書是我跟同學借的。）

(3)大家愛同子孫講客話。Tai ga´ oi tung˘ zii` sun´ gong` hag` fa.（大家要跟子孫說客家話。）

B. 表示受事者

(1)偓摎砥年錢使淨淨哩。Ngai˘ lau´ zag` ngien˘ qien˘ sii` qiang qiang le`.（我把壓歲錢花光了。）

(2)鱸鰻同佢打到半生死。Lu˘ man˘ tung˘ gi˘ da` do ban sang´ xi`.（流氓把他毆打到半生不死。）

5. 動作的進行式「V等」

「等」是後加成分，接在動詞後表示該動作或狀態的持續。

(1)先生企等上課。Xin´ sang´ ki´ den` song´ ko.（老師站著上課。）

(2)食等飯个時節莫講話。Siid den` fan ge sii˘ jied` mog gong` fa.（吃著飯的時候不要講話。）

(3)桌頂放等一臺音響。Zog` dang` biong den` id` toiˇ imˊ hiong`.（桌上放著一台音響。）

6. 方向補語

接在動詞後表示該動作、行為趨向或方向的要素稱為方向補語。包括「V來」「V去」的單純方向補語，以及下表之複合方向補語。

	上	下	入	出	轉	過	起
來	上來	下來	入來	出來	轉來	過來	起來
去	上去	下去	入去	出去	轉去	過去	

(1)阿姊正對學校轉來。Aˊ jiˋ zang do hog gau` zon` loiˇ.（姊姊才剛從學校回來。）

(2)阿公在禾埕行來行去。Aˊ gungˊ do voˇ tangˇ hangˇ loiˇ hangˇ hi.（爺爺在院子走來走去。）

(3)巴士駛過來哩。Ba sii` sii` go loiˇ le`.（巴士開過來了。）

7. 時間量的單位以及時量補語

時間量的單位如下表，表示動作時間量的量詞置於動詞後構成時量補語。

～年 ～個（隻）月 ～（隻）禮拜 ～日 ～點鐘 ～分鐘

(1)倕兜愛戴一禮拜。Ngaiˇ deuˊ oi dai id` liˊ bai.（我們要住一週。）

(2)佢兜學兩年零(个)客話了。Giˇ deuˊ hog liongˋ ngienˇ langˇ (ge) hagˋ fa leˋ.(他們學兩年多客家話了。)

8.「分」的用法

A. 雙賓動詞

(1)佢分一析西瓜倔。Giˇ bunˊ idˋ sagˋ xiˊ guaˊ ngaiˇ.(他給我一片西瓜。)

(2)倔分佢兩本書。Ngaiˇ bunˊ giˇ liongˋ bunˋ suˊ.(我給他兩本書。)

B. 使動動詞

(1)阿爸毋分老弟搞電腦。Aˊ baˊ mˇ bunˊ loˋ taiˊ gauˋ tien noˋ.(爸爸不讓弟弟玩電腦。)

(2)先生分倔參加比賽。Xinˊ sangˊ bunˊ ngaiˇ camˊ gaˊ biˋ soi.(老師讓我參加比賽。)

C. 介詞,表示目標受益者、目的、被動式中的施動者(第14課)

(1)阿姆留菜分阿爸食。Aˊ meˊ liuˇ coi bunˊ aˊ baˊ siid.(媽媽留菜給爸爸吃。)

(2)阿婆唱歌仔分嬰兒仔聽。Aˊ poˇ cong goˊ eˋ bunˊ oˊ nga eˋ tangˊ.(奶奶唱歌給寶寶聽。)

(3)佢分狗咬著。Giˇ bunˊ gieuˋ ngauˊ doˋ.(他被狗咬到。)

新詞補充 xinˊ ciiˇ buˋ cungˊ 45

放	biong（放）	避暑	pidˋ cuˋ（暑假）
車頭	caˊ teuˇ（車站）	捷運站	qiab iun zam（捷運站）
旁唇	pongˇ sunˇ（旁邊）	課長	ko zongˋ（課長）
辦公室	pan gungˊ siidˋ（辦公室）	外國	ngoi guedˋ（外國）
罐	gon（瓶罐）	豆油	teu iuˇ（醬油）
借	jia（借）	子孫	ziiˋ sunˊ（子孫）
砥年錢	zagˋ ngienˇ qienˇ（壓歲錢）	使	siiˋ（花費、使用）
鱸鰻	luˇ manˇ（流氓）	半生死	ban sangˊ xiˋ（半生不死）
上課	songˊ ko（上課）	臺	toiˇ（台）
音響	imˊ hiongˋ（音響）	禾埕	voˇ tangˇ（院子晒穀場）
駛	siiˋ（開車）	析	sagˋ（片）
西瓜	xiˊ guaˊ（西瓜）	參加	camˊ gaˊ（參加）
比賽	biˋ soi（比賽）	留	liuˇ（留）
唱	cong（唱）	歌仔	goˊ eˋ（歌）
嬰兒仔	oˊ nga eˋ（嬰兒）	狗	gieuˋ（狗）
咬	ngauˊ（咬）		

• 練習問題 lien xib mun tiˇ

1. 將下列拼音符號注上聲調並改寫成漢字

(1) Nga vug ha li hog gau mo dong ien.

_____

(2) Ia fu kiun iu con tang mo?

_____

(3) Hang den hi oi sang ngi siib fun zung.

_____

(4) Ngai coi hog gau get u su gon ca zii liau.

_____

(5) N zui ho da zag tien fa bun gi.

_____

2. 重組

(1) 同　管理員　東西　搭　在　佢　該

_____

(2) 去　佢　等　行

_____

(3) 這位　遠　餐廳　離　當

_____

(4) 等路　分　你　帶兜　佢　來

_____

(5) 圖書館　資料　佢　在　查

_____

3. 改成正確的句子
 (1) 若个書有桌頂。

  _____

 (2) 你係行來學校个無？

  _____

 (3) 佢逐日暗晡轉去九點。

  _____

 (4) 佢坐巴士兩點鐘。

  _____

 (5) 阿婆唱歌仔嬰兒仔聽。

  _____

4. 將下列華語翻譯成客語
 (1) 麻煩您先把東西寄在管理員那好嗎？

  _____

 (2) 你最好打個電話給他。

  _____

 (3) 走著去大概要半小時。

  _____

 (4) 請在前面的路口右轉。

  _____

 (5) 餐廳在教室的後面。

  _____

 (6) 請把這個伴手禮帶回去。

  _____

(7) 她從北埔坐巴士過來。

_____

(8) 王先生明天要回新竹。

_____

(9) 我家離捷運站比她家近。

_____

(10)我為你帶些伴手禮來給你。

_____

包菜包

第十三課　你這下在該做麼个？

Ti siib sam´ ko　N˘ ia` ha do ge zo ma` ge?

 會話1　　46

阿桃：倕做得入來無？（我可以進來嗎？）

　　　Ngai˘ zo ded` ngib loi˘ mo˘?

阿勇：請入來。研究室个門開等無鎖。（請進。研究室的
　　　門開著沒鎖。）

　　　Qiang` ngib loi˘. Ngien´ giu siid` ge mun˘ koi´
　　　den` mo˘ so`.

阿桃：你在該做麼个？（你現在在做什麼？）

　　　N˘ do ge zo ma` ge?

阿勇：上傳檔案順續上網看電子郵件。有麼个事情係
　　　無？（上傳檔案順便上網看電子郵件。有什麼事嗎？）

　　　Song´ con˘ dong` on sun sa song´ miong` kon
　　　tien zii` iu˘ kien. Iu´ ma` ge sii qin˘ he mo˘?

阿桃：敗勢，吵鬧著你哩。（不好意思，打擾你了。）

　　　Pai˘ se, cau˘ nau do` n˘ le`.

阿勇：無要緊，你等一下，倕黏邊就摺電腦關忒。（沒
　　　關係，你等一下，我立刻把電腦關掉。）

　　　Mo˘ ieu gin`, n˘ den` id` ha, ngai˘ ngiam˘ bien´
　　　qiu lau´ tien no` guan´ ted`.

阿桃：毋怕，等你處理好。就係吾个自行車橫仆分別臺砭著，一個人扶毋得起來，愛勞煩你來摎偓捔手。（沒關係，等你處理好。就是我的自行車倒了被另外一台壓到，我一個人扶不起來，要麻煩你來幫我。）

M˘ pa, den` n˘ cu` li´ ho`. Qiu he nga´ ge cii hang˘ ca´ vang ted` bun´ ped toi˘ zag` do`, id` ge ngin˘ fu˘ m˘ ded` hi` loi˘, oi lo˘ fan˘ n˘ loi˘ lau´ ngai˘ ten su`.

會話2 47

阿桃：你做麼个無愛出國留學呢？（你為什麼不想出國留學呢？）

N˘ zo ma` ge mo˘ oi cud` gued` liu˘ hog no`?

阿勇：因為吾屋下無錢，故所正無考慮。（因為家裡沒錢，所以才不考慮。）

In´ vi nga´ vug` ha´ mo˘ qien˘, gu so` zang mo˘ kau` li.

阿桃：其實偓試著國內个環境也毋會差。（其實我覺得國內的環境也不差。）

Ki˘ siid ngai˘ cii do` gued` nui ge fan˘ gin ia m˘ voi ca´.

阿勇：無毋著！係有煞猛認真讀書，定著毋會輸人。（沒錯！若是努力認真唸書，一定不會輸人。）

Mo˘ m˘ cog! He iu´ sad` mang´ ngin ziin´ tug

su´, tin cog mˇ voi su´ nginˇ.

阿桃：著！𠊎同若个想法共樣。（對！我和你的想法一樣。）

Cog! Ngaiˇ tungˇ ngia´ ge xiong` fab` kiung iong.

● 新詞 xin´ ciiˇ 48

做得	zo ded`（可以）	鎖	so`（鎖）
上傳	song´ conˇ（上傳）	檔案	dong` on（檔案）
上網	song´ miong`（上網）	電子郵件	tien ziiˋ iuˇ kien（電子郵件）
吵鬧	cauˇ nau（吵鬧、打攪）	無要緊	moˇ ieu gin`（沒關係、無所謂）
黏邊	ngiamˇ bien´（立刻）	關	guan´（關掉）
橫	vang（倒下）	別	ped（別的）
砑	zag`（壓）	扶	fuˇ（扶起）
捹手	ten su`（幫忙）	出國	cud` gued`（出國）
因為	in´ vi（因為）	故所	gu so`（所以）
考慮	kau` li（考慮）	其實	kiˇ siid（其實）
國內	gued` nui（國內）	環境	fanˇ gin（環境）
著	cog（對）	煞猛	sad` mang´（努力）
定著	tin cog（一定）	輸	su´（輸）
想法	xiong` fab`（想法）		

● 語法 ngiˊ fabˋ

1. 動詞的進行式「（無）在該 V」

    (1)阿公在該看新聞。Aˊ gungˊ do ge kon xinˊ vunˇ.（爺爺正在看報。）

    (2)耕田人在該田肚做事。Gangˊ tienˇ nginˇ do ge tienˇ duˋ zo se.（農人正在田裡工作。）

    (3)佢兜在該上課。Giˇ deuˊ do ge songˊ ko.（他們正在上課。）

2. 表示許可或禁止的助動詞「做（毋）得 V」

    (1)該位做得食菸無？Ge vi zo dedˋ siid ienˊ moˇ?（那裡可以抽菸嗎？）

    (2)這位做毋得著屐仔入來。Iaˋ vi zo mˇ dedˋ zogˋ kiag eˋ ngib loiˇ.（這裡不能穿拖鞋進來。）

3. 結果補語

    ┌─────────────────────────────────┐
    │ 基本句型：V＋表示結果的動詞或形容詞 │
    └─────────────────────────────────┘

    直接接在動詞後表示該動作結果的成分稱為結果補語，用法上相當於一個動詞。

    A. V 著

    (1)頭前个人忒大箍，佢看毋著。Teuˇ qienˇ ge nginˇ tedˋ tai kieuˊ, ngaiˇ kon mˇ doˋ.（前面的

人太胖，我看不到。）

(2)你有聽著電話在該響無？Nˇ iuˊ tangˊ doˋ tien fa do ge hiongˋ moˇ?（你有聽到電話正在響嗎？）

B. V忒

(1)豬肚賣忒哩。Zuˊ duˋ mai tedˋ leˋ.（豬胃賣完了。）

(2)飯食忒正做得搞。Fan siid tedˋ zang zo dedˋ gauˋ.（飯吃完才可以玩。）

C. V好

(1)考試準備好吂？Kauˋ sii zunˋ pi hoˋ mangˇ?（考試準備好了嗎？）

(2)菜煮好哩。Coi zuˋ hoˋ leˋ.（菜煮好了。）

4. 可能補語「V＋（毋）得＋結果補語・方向補語」

(1)這隻石牯恁重，一個人擎毋得起來。Iaˋ zagˋ sag guˋ anˋ cungˊ, idˋ ge nginˇ kiaˇ mˇ dedˋ hiˋ loiˇ.（這個石頭這麼重，一個人舉不起來。）

(2)這叢樹四五個人扛毋贏。Iaˋ cungˇ su xi ngˋ ge nginˇ gongˊ mˇ iangˇ.（這棵樹四五個人搬不動。）

5. 表示因果關係的「（因為）～故所（所以）」

(1)因為身體毋鬆爽，所以無來上課。Inˊ vi siinˊ tiˋ mˇ sungˊ songˋ, soˋ i moˇ loiˇ songˊ ko.（因為身體不舒服，所以沒來上課。）

(2)肝毋好，故所做毋得食酒。Gonˊ mˇ hoˋ, gu soˋ zo mˇ dedˋ siid jiuˋ.（肝不好，所以不能喝酒。）

6. 「就」和「正」

「就」表示事情或動作馬上或緊接著發生；「正」即「才」的意思。

⑴阿爸逐日朝晨五點就跂。A´ ba´ dag` ngid` zeu´ siin ng` diam` qiu hong. （爸爸每天早上五點就起床。）

⑵佢從細就好畫圖。Giˇ qiungˇ se qiu hau fa tuˇ. （他從小就喜歡畫畫。）

⑶𠊎逐禮拜日睡到十點正跂。Ngaiˇ dag` li´ bai ngid` soi do siib diam` zang hong. （我每個禮拜天都睡到十點才起床。）

⑷𠊎看三遍正看識。Ngaiˇ kon sam´ bien zang kon siid`. （我看三遍才看懂。）

● 新詞補充 xin´ ciiˇ bu` cung´   49

新聞	xin´ vunˇ（報紙）	耕田人	gang´ tienˇ nginˇ（農夫）
田	tienˇ（田地）	做事	zo se（工作）
著	zog`（穿）	屐仔	kiag e`（拖鞋）
頭前	teuˇ qienˇ（前面）	大箍	tai kieu´（胖）
響	hiong`（響）	豬肚	zu´ du`（豬胃）
賣	mai（賣）	準備	zun` pi（準備）
煮	zu`（煮）	重	cung´（重）
擎	kiaˇ（舉起）	叢	cungˇ（棵）
樹	su（樹）	扛	gong´（搬動）
肝	gon´（肝）	畫圖	fa tuˇ（畫圖）

遍	bien（遍）		

● 練習問題 lien xib mun ti˘

1. 將下列客語翻譯成華語並比較其差異
   (1) 你在該食麼个？

   _____

   (2) 你做得食無？

   _____

   (3) 你有食著客家菜無？

   _____

   (4) 一隻麵包你食得飽無？

   _____

   (5) 你食忒吂？

   _____

2. 以否定形回答下列問題
   (1) 佢兜有在該上課無？

   _____

   (2) 你試著國內个環境會差無？

   _____

   (3) 字寫好吂？

   _____

   (4) 門有開等無？

   _____

(5) 做得食酒無？
_____

3. 改成正確的句子

(1) 偓今晡日正睡到十點䟗床。
_____

(2) 佢在眠床頂坐著看書。
_____

(3) 這本書你看完愛還偓。
_____

(4) 這隻問題偓冇想忒。
_____

(5) 偓聽好多遍就聽識。
_____

4. 將下列華語翻譯成客語

(1) 我家沒錢，所以才沒有考慮出國留學。
_____

(2) 門開著沒鎖，請進。
_____

(3) 打擾到你上網了。
_____

(4) 我立刻把電腦關掉。
_____

(5) 我的腳踏車倒下被其他台壓到。
_____

(6) 若是認真唸書，一定不會輸人。

_____

(7) 我一個人扶不起來，要麻煩你來幫我。

_____

(8) 其實我覺得國內的環境也不差。

_____

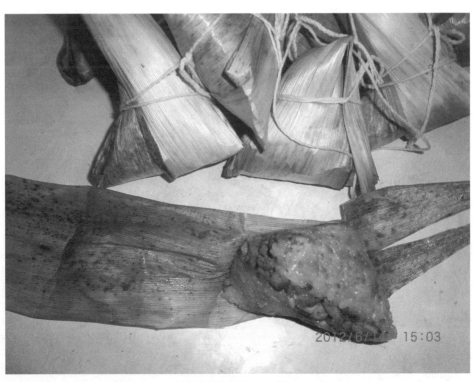

北部客家粽之一種

第十四課　放𤲃愛去哪？

Ti siib xi ko　Biong liau oi hi nai?

 會話1 　 50

阿勇：時間過到真遽，會放𤲃哩。（時間過得真快，快放
　　　假了。）

　　　Sii˘ gien´ go do ziin´ giag`, voi biong liau le`.

阿桃：係啊，放𤲃你打算去哪位𤲃？（對啊！放假你打算
　　　去哪裡玩？）

　　　He a, biong liau n˘ da` son hi nai vi liau?

阿勇：偓打算去泰國旅行。（我打算去泰國旅行。）

　　　Ngai˘ da` son hi Tai Gued` li´ hang˘?

阿桃：恁好哦！偓無錢好去外國𤲃，偓打算去苗栗客家
　　　莊。（這麼好喔！我沒有錢去外國玩，我打算去苗
　　　栗客家莊。）

　　　An` ho` o˘! Ngai˘ mo˘ qien˘ ho` hi ngoi gued`
　　　liau, ngai˘ da` son hi Meu˘ Lid hag` ga´ zong´.

阿勇：恁樣盡好啊！你曉得講客話哩。（這樣很好啊！
　　　你會說客家話了。）

　　　An` ngiong˘ qin ho` a! N˘ hiau` ded` gong` Hag`
　　　fa le`.

阿桃：偓會講兜仔，簡單个話語也聽得識。（我會說一
　　　些，簡單的話也聽得懂。）

Ngaiˇ voi gongˋ deuˊ eˋ, gienˋ danˊ ge fa ngiˊ ia
tangˊ dedˋ siidˋ.

阿勇：聽講該位寒天當寒，時常會有濛沙煙，起大
風。（聽說那邊冬天很冷，常起霧，颱風。）

Tangˊ gongˋ ge vi honˇ tienˊ dongˊ honˇ, siiˇ
songˇ voi iuˊ mungˇ saˊ ienˊ, hiˋ tai fungˊ.

阿桃：毋怕，倕會較小心兜仔。（沒關係，我會小心一
點。）

Mˇ pa, ngaiˇ voi ka seuˋ ximˊ deuˊ eˋ.

 會話2 🔘 51

阿桃：你做麼个恁晝正來呢？（你為什麼這麼晚才來呢？）

Nˇ zo maˋ ge anˋ zu zang loiˇ noˇ?

阿勇：屋下有一個人客來寮。佢無走，倕毋得出門。
佢走忒以後，倕正來个。（家裡有個客人來玩。他
不走，我就無法出門。他走了以後，我才來的。）

Vugˋ haˊ iuˊ idˋ ge nginˇ hagˋ loiˇ liau. Giˇ moˇ
zeuˋ, ngaiˇ mˇ dedˋ cudˋ munˇ. Giˇ zeuˋ tedˋ iˊ
heu, ngaiˇ zang loiˇ ge.

阿桃：倕早就來哩，這下有兜仔肚枵哩。（我早就來
了，現在有點肚子餓了。）

Ngaiˇ zoˋ qiu loiˇ leˋ, iaˋ ha iuˊ deuˊ eˋ duˋ iauˊ
leˋ.

阿勇：該偲兜先來去食飯。（那我們先去吃飯。）

　　　Ge en´ deu´ xien´ loiˇ hi siid fan.

阿桃：愛食客家菜抑係別樣个？（要吃客家菜還是別的？）

　　　Oi siid hag` ga´ coi ia he ped iong ge?

阿勇：偲好食客家菜，來去客家餐廳較贏。（我喜歡吃
　　　客家菜，不如來去客家餐館。）

　　　Ngaiˇ hau siid hag` ga´ coi, loiˇ hi hag` ga´ con´
　　　tang´ ka iangˇ.

阿桃：好，遽來去啊。（好，快走吧。）

　　　Ho`, giag` loiˇ hi a.

● 新詞 xin´ ciiˇ 52

放寮	biong liau（放假）	打算	da` son（打算）
泰國	Tai Gued`（泰國）	莊	zong´（莊）
曉得	hiau` ded`（會）	簡單	gien` dan´（簡單）
話語	fa ngi´（話）	聽講	tang´ gong`（聽說）
寒天	honˇ tien´（冬天）	寒	honˇ（冷）
濛沙煙	mungˇ sa´ ien´（起霧）	起風	hi` fung´（颱風）
小心	seu` xim´（小心）	人客	nginˇ hag`（客人）
枵	iau´（餓）	別樣	ped iong（別種）

大學初級客語

● 語法 ngiˊ fabˋ

1. 表示某行為或現象即將發生的「會～哩」

   (1)火車會來哩。Foˋ caˊ voi loiˇ leˋ.（火車快來了。）

   (2)會落雨哩。Voi log iˋ leˋ.（快下雨了。）

   (3)會七點哩。Voi qidˋ diamˋ leˋ.（快七點了。）

2. 可能表現「有／無＋名詞＋（好）＋V」

   (1)有錢好食酒，仰般無錢好納稅？Iuˊ qienˇ hoˋ siid jiuˋ, ngiongˋ banˊ moˇ qienˇ hoˋ nab soi.（有錢可以喝酒，為何沒有錢可以納稅。）

   (2)無屋好戴，所以無結煞正做乞食。Moˇ vugˋ hoˋ dai, soˋ i moˇ gadˋ sadˋ zang zo kiedˋ siid.（沒房子住，所以沒辦法才當乞丐。）

3. 表示可能的助動詞「（毋）會／曉得 V」

   (1)偓會講兜仔越南話。Ngaiˇ voi gongˋ deuˊ eˋ Ied Namˇ fa.（我會說些越南話。）

   (2)佢曉得駛車仔。Giˇ hiauˋ dedˋ siiˋ caˊ eˋ.（他會開車。）

   (3)阿哥毋會洗身仔。Aˊ goˊ mˇ voi seˋ siinˊ eˋ.（哥哥不會游泳。）

4. 現象句

   描述某場所或時間內出現或消失某人或事物的句子稱

為現象句。

基本句型：場所／時間＋Ｖ＋人／事物

⑴日本東北發生大地動哩。Ngid` Bun` dung´ bed` fad` sen´ tai ti tung´ le`. (日本東北發生大地震了。)

⑵這擺風搓死忒盡多人。Ia` bai` fung´ cai´ xi` ted` qin do´ ngin˘. (這次颱風死了很多人。)

自然現象的發生也使用現象句。

落雨	log i` （下雨）	落雪	log xied` （下雪）
起風	hi` fung´ （颱風）	打雷公	da` lui˘ gung´ （打雷）
矖爁	ngiab` lang （閃電）	結冰	gied` ben´ （結冰）

5. 「有（一）兜仔」和「（一）兜仔」

兩者都是表示「一點點」的意思。但是「有一兜」使用於不期待的事件，置於形容詞前；「一兜仔」則置於形容詞或動詞之後。

⑴𠊎感覺有兜仔孤栖。Ngai˘ gam` gog` iu´ deu´ e` gu´ xi´. (我覺得有點寂寞。)

⑵肚屎有兜仔痛。Du` sii` iu´ deu´ e` tung. (肚子有點痛。)

⑶這種扒仔比該種个貴一兜仔。Ia` zung` bad e` bi` ge zung` ge gui id` deu´ e`. (這種番石榴比那種貴一點。)

(4)請你講較慢一兜仔。Qiang` n˘ gong` ka man id` deu´ e`.（請你說慢一點。）

6. 表示「喜歡」之意的助動詞「好」

(1)阿婆當好食番檨。A´ po˘ dong´ hau siid fan´ son.（奶奶很喜歡吃芒果。）

(2)阿弟牯當好看漫畫。A´ di gu` dong´ hau kon man fa.（阿弟牯很喜歡看漫畫。）

7. 表示取捨關係的「～較贏～」

比較兩者後，捨棄前節的內容，採取後節的內容。

(1)在屋肚寮，較贏去外背行行。Do vug` du` liau, ka iang˘ hi ngoi boi hang˘ hang˘.（在屋裡玩，不如去外面走走。）

(2)景氣毋好，在國內讀碩士較贏。Gin` hi m˘ ho`, do gued` nui tug sag sii ka iang˘.（景氣不好，不如在國內唸碩士。）

• 新詞補充 xin´ cii˘ bu` cung´ 53

火車	fo` ca´（火車）	納稅	nab soi（納稅）
無結煞	mo˘ gad` sad`（沒辦法）	乞食	kied` siid（乞丐）
越南	Ied Nam˘（越南）	洗身仔	se` siin´ e`（游泳）
東北	dung´ bed`（東北）	發生	fad` sen´（發生）

地動	ti tung´（地震）	風搓	fung´ cai´（颱風）
落雨	log i`（下雨）	落雪	log xied`（下雪）
打雷公	da` lui˘ gung´（打雷）	矐爁	ngiab` lang（閃電）
結冰	gied` ben´（結冰）	感覺	gam` gog`（感到）
孤栖	gu´ xi´（寂寞）	肚屎	du` sii`（肚子）
朳仔	bad e`（番石榴）	番樣	fan´ son（芒果）
阿弟牯	a´ di gu`（頑皮的小弟弟）	漫畫	man fa（漫畫）
外背	ngoi boi（外面）	景氣	gin` hi（景氣）
碩士	sag sii（碩士）		

● 練習問題 lien xib mun ti˘

1. 將下列拼音符號注上聲調並改寫成漢字

(1) N voi se siin e mo?

———————————————

(2) Tien gong ngid m voi log i.

———————————————

(3) Ngai gong hag ngi, n tang ded siid mo?

———————————————

(4) N da son hi nai vi li hang?

———————————————

(5) Ngin hag mo zeu, ngai m ded cud mun.

———————————————

2. 重組

(1) 有一兜　這下　哩　肚枵

_____

(2) 該位　寒　聽講　寒天　當

_____

(3) 寮　外國　偓　好　去　無錢

_____

(4) 先　偓兜　食飯　來去

_____

(5) 畫　你　恁　正　來　呢　做麼个

_____

3. 改成正確的句子

(1) 教室肚毋得食菸。

_____

(2) 當多朋友來屋下。

_____

(3) 你今晡日去抑係天光日去無？

_____

(4) 偓感冒哩，毋會去上課哩。

_____

(5) 偓兜會講客話兜仔哩。

_____

4. 將下列華語翻譯成客語

(1) 我會說一點英語。

_____

(2) 高中生不能喝酒。

_____

(3) 放假你打算去哪裡玩？

_____

(4) 我會講客語，簡單的詞語也聽得懂。

_____

(5) 這裡常常起霧、颱風。

_____

(6) 客人走掉後我才來的。

_____

(7) 時間過得真快，快十二點了。

_____

(8) 我喜歡吃客家料理，不如來去客家餐廳。

_____

除夕拜天公

第十五課 分偓看一下

Ti siib ngˋ ko Bunˊ ngaiˇ kon idˋ ha

 會話1 🔘 54

阿桃：偓想愛參加客語演講比賽，你同偓看一下原稿
　　　好無？（我想要參加客語演講比賽，你幫我看一下原
　　　稿好嗎？）

　　　Ngaiˇ xiongˋ oi camˊ gaˊ hagˋ ngiˊ ienˊ gongˋ
　　　biˋ soi, nˇ tungˇ ngaiˇ kon idˋ ha ngienˇ goˋ hoˋ
　　　moˇ?

阿勇：好啊！分偓看一下仔。你寫到盡好啊！（好啊！
　　　讓我看一下。你寫得很好啊！）

　　　Hoˋ a! Bunˊ ngaiˇ kon idˋ ha eˋ. Nˇ xiaˋ do qin
　　　hoˋ a!

阿桃：無啦！偓拜託先生教偓个。雖然學一年零个客
　　　話，毋過還有當多想愛講个話還毋會講。（沒有
　　　啦！我拜託老師教我的。雖然學了一年多客語了，還
　　　是有很多想說的話不會說。）

　　　Moˇ laˋ! Ngaiˇ bai togˋ xinˊ sangˊ gauˊ ngaiˇ ge.
　　　Suiˊ ienˇ hog idˋ ngienˇ langˇ ge hagˋ fa, mˇ go
　　　hanˇ iuˊ dongˊ doˊ xiongˋ oi gongˋ ge fa hanˇ mˇ
　　　voi gongˋ.

阿勇：毋使愁慮，若係多練習就會緊來緊好。愛再過

學下去哦！（不必擔心，只要多練習就會越來越好。
要繼續學下去喔！）

Mˇ siiˋ seuˇ li, na he doˊ lien xib qiu voi ginˋ
loiˇ ginˋ hoˋ. Oi zai go hog haˊ hi oˊ！

 會話2 55

阿勇：就會考試哩，𠊎無好好看書做毋得。你同字
　　　簿仔借𠊎用好無？（快考試了，我沒有好好唸書不
　　　行。你把筆記借我用好嗎？）

Qiu voi kauˋ siiˋ leˋ, ngaiˇ moˇ hoˋ hoˋ kon suˊ
zo mˇ dedˋ. Nˇ tungˇ siiˋ puˊ eˋ jia ngaiˇ iung hoˋ
moˇ?

阿桃：吾个字簿仔分別个同學借去哩。（我的筆記被別
　　　的同學借走了。）

Ngaˊ ge sii puˊ eˋ bunˊ ped ge tungˇ hog jia hi
leˋ.

阿勇：恁樣哦！該壞忒哩，愛仰結煞呢？（這樣喔！那
　　　糟糕了，要怎麼辦呢？）

Anˋ ngiongˇ oˇ, ge fai tedˋ leˋ, oi ngiong gadˋ
sadˋ noˋ?

阿桃：恁樣好無，佢一還𠊎，𠊎就摎你送去。（這樣好
　　　嗎，他一還我，我就幫你送去。）

Anˋ ngiongˇ hoˋ moˇ, giˇ idˋ vanˇ ngaiˇ, ngaiˇ qiu
lauˊ nˇ sung hi.

阿勇：恁樣實在斯還感謝你。（這樣實在是太感謝你了。）

An` ngiong` siid cai sii` han` gam` qia n`.

阿桃：無麼个啦！大家互相幫助。（沒什麼啦！大家互相幫忙。）

Mo` ma` ge la`! Tai ga´ fu xiong´ bong´ cu.

● 新詞 xin´ cii` 56

演講	ien´ gong` (演講)	原稿	ngien` go` (原稿)
拜託	bai tog` (拜託)	雖然	sui´ ien` (雖然)
愁慮	seu` li (擔心)	練習	lien xib (練習)
緊	gin` (越～)	再過	zai go (繼續)
字簿仔	sii pu´ e` (筆記)	借	jia (借)
壞	fai (糟糕)	仰結煞	ngiong gad` sad` (怎麼辦)
實在	siid cai (實在)	斯	sii` (虛詞，無義)
感謝	gam` qia (感謝)	無麼个	mo` ma` ge (沒什麼)
互相	fu xiong´ (互相)	幫助	bong´ cu (幫忙)

● 語法 ngi´ fab`

1. 兼語句和使動句

　　動詞謂語句由兩個主謂句構成，前句的賓語兼後句主語的句子稱為兼語句。例如：「催拜託佢去。」裡，「佢」是「拜託」的賓語也是「去」的主語。使動句也是兼語句的一種。

111

基本句型：命令者＋喊／派／拜託／請／分＋實行者＋V

⑴阿姆喊老妹拿錢去郵便局貯。A´ me´ ham lo` moi na´ qienˇ hi iuˇ pien kiug du.（媽媽叫妹妹拿錢去郵局儲存。）

⑵警察派人來調查。Gin` cad` pai nginˇ loiˇ tiauˇ caˇ.（警察派人來調查。）

⑶老弟拜託先生教佢。Lo` tai´ bai tog` xin´ sang´ gau´ giˇ.（弟弟拜託老師教他。）

⑷這張單仔係請代書寫个。Ia` zong´ dan´ e` he qiang` toi su´ xia` ge.（這張票據是請代書寫的。）

⑸阿婆毋分細孲仔食糖。A´ poˇ mˇ bun´ se oˇ e` siid tongˇ.（奶奶不讓小孩吃糖。）

2. 表示程度「越來越～」的「緊來緊～」

⑴厥妹仔緊來緊得人惜。Gia´ moi e` gin` loiˇ gin` ded` nginˇ xiag`.（他女兒越來越可愛。）

⑵天時緊來緊燒暖。Tien´ siiˇ gin` loiˇ gin` seu´ non´.（天候越來越溫暖。）

3. 動作的繼續式「～V下去」

表示動作還沒有完成繼續進行下去。

⑴再過尞下去，會來毋掣坐火車。Zai go liau ha´ hi, voi loiˇ mˇ cad` co´ fo` ca´.（繼續聊下去，會來不及坐火車。）

(2)過食下去，腸胃定著會出問題。Go siid ha´ hi, cong˘ vi tin cog voi cud` mun ti˘. (再吃下去，腸胃一定會出問題。)

4. 命令或勸告表現「著～正做得」「無～做毋得」

(1)今晡日个會議，你著本身去正做得。Gim´ bu´ ngid` ge fi ngi, n˘ cog bun` siin´ hi zang zo ded`. (今天的會議，你得親自去才可以。)

(2)為著愛拿獎學金，無煞猛讀書做毋得。Vi do` oi na´ jiong` hog gim´, mo˘ sad` mang´ tug su´ zo m˘ ded`. (為了拿獎學金，沒有努力唸書不行。)

5. 被動句

基本句型：被動者＋分＋施動者＋V＋其他成分

(1)葡萄分阿爸食忒哩。Pu˘ to˘ bun´ a´ ba´ siid ted` le`. (葡萄給爸爸吃掉了。)

(2)車仔分阿哥駛走哩。Ca´ e` bun´ a´ go´ sii` zeu` le`. (車子給哥哥開走了。)

(3)你無認真讀書正會分阿爸罵。N˘ mo˘ ngin ziin´ tug su´ zang voi bun´ a´ ba´ ma. (你不認真唸書才會給爸爸罵。)

6. 表示前後件幾乎同時發生的「一～就～」

(1)先生一講，𠊎就知。Xin´ sang´ id` gong`, ngai˘ qiu

di´.（老師一說，我就知道。）

⑵ 厓一到飯店就會打電話分你。Ngaiˇ idˋ do fan diam qiu voi daˋ tien fa bun´ nˇ.（我一到飯店就會打電話給你。）

● 新詞補充xin´ ciiˇ buˋ cung´ 57

郵（便）局	iuˇ (pien) kiug（郵局）	貯	du（儲存）
警察	ginˋ cadˋ（警察）	調查	tiauˇ caˇ（調查）
單仔	dan´ eˋ（票據、紙張）	代書	toi su´（代書）
細孲仔	se oˇ eˋ（小孩）	糖	tongˇ（糖果）
得人惜	dedˋ nginˇ xiagˋ（可愛）	天時	tien´ siiˇ（天候）
燒暖	seu´ non´（溫暖）	來毋掣	loiˇ mˇ cadˋ（來不及）
火車	foˋ ca´（火車）	腸	congˇ（腸）
胃	vi（胃）	會議	fi ngi（會議）
本身	bunˋ siin´（親身）	為著	vi doˋ（為了）
獎學金	jiongˋ hog gim´（獎學金）	葡萄	puˇ toˇ（葡萄）
飯店	fan diam（飯店）		

• 練習問題 lien xib mun ti˘

1. 重組
   (1) 掃　喊　先生　學生　地泥

   _____

   (2) 分　電視　阿婆　老弟　看

   _____

   (3) 你　請　借　同　鉛筆　倕　用

   _____

   (4) 詞典　借　吾　个　分　朋友　去　哩

   _____

   (5) 教　拜託　先生　阿爸　老妹

   _____

2. 改成正確的句子
   (1) 倕想會參加客語演講比賽。

   _____

   (2) 你寫著盡好啊！

   _____

   (3) 倕無好好看書正做得。

   _____

   (4) 佢一還倕，倕正摎你送去。

   _____

   (5) 壞著哩，愛仰結煞呢？

   _____

3. 將下列華語翻譯成客語

(1) 讓我看一下。

_____

(2) 我一到冬天就會感冒。

_____

(3) 雖然學客語一年多了，但是還有很多想講的話不會說。

_____

(4) 天氣越來越冷了。

_____

(5) 我的筆記被其他同學借去了。

_____

(6) 實在是太感謝你了。

_____

(7) 你（把）車子借我開好嗎？

_____

(8) 「你客語說的真好。」「沒有啦！」

_____

生詞索引

第八課

121

第十一課

練習問題解答

第五課

練習問題

1. (1) Ngaiˇ he hagˋ gaˊ nginˇ. 偓係客家人。

  (2) Giˇ deuˊ he maˋ nginˇ? 佢兜係麼人？

  (3) Nˇ tug maˋ ge hog ne? 你讀麼个學系？

  (4) Iaˋ mˇ he ngaˊ ge ciiˇ dienˋ. 這毋係吾个詞典。

  (5) Ngaiˇ gimˊ ngienˇ samˊ ngienˇ senˊ. 偓今年三年生。

2. (1) Ge he maˋ ge?

  (2) Ngaiˇ ia he lid siiˋ hog ne ge.

  (3) Giˇ he hagˋ nginˇ penˇ iuˊ.

  (4) Xinˊ sangˊ mˇ he Toiˇ Vanˇ nginˇ.

  (5) Iaˋ he maˋ nginˇ ge cab zii?

3. (1) 佢兜乜係客人。

  (2) 這係吾个詞典。

  (3) 該係麼个雜誌？

  (4) 你讀麼个學系？

  (5) 這係吾个，該也係吾个。

4. (1) 毋係，偓毋係大學生。

  (2) 偓係工學院个學生。

  (3) 佢乜（也）係四年生。

  (4) 佢係吾个朋友。

  (5) 這毋係吾个。

第六課

練習問題

2. (1) Qiang` mun, nˇ gui xiang? 請問，你貴姓？

(2) Giˇ onˊ do maˋ ge miangˇ? 佢安到麼个名？

(3) Nˇ gimˊ ngienˇ gidˋ tai le`? 你今年幾大哩？

(4) Xinˊ sangˊ, nˇ gimˊ ngienˇ ngienˇ gi` iuˊ gidˋ doˊ le`? 先生，你今年年紀有幾多哩？

(5) Ia` ge he ngaˊ penˇ iuˊ, qiang` doˊ zii` gau. 這個係吾朋友，請多指教。

3. (1) 佢姓楊。

(2) 佢安到王時勇，請多指教。

(3) 這儕係麼人？

(4) 這個係吾朋友。

(5) 請問你今年幾多歲？

(6) 若公今年年紀有幾多哩？

(7) 佢毋係姓張，佢姓楊。

(8) 佢姓王，佢乜姓王。

(9) 吾婆今年六十八。

第七課

練習問題

1. (1) Giˇ he ngaˊ penˇ iuˊ, giˇ ia` an` giuˋ dongˊ moˇ hanˇ. 佢係吾朋友，佢這恁久當無閒。

(2) Ngaiˇ ia dongˊ moˇ hanˇ, ngaiˇ deuˊ dongˊ giuˋ moˇ kon do` le`. 佢也當無閒，佢兜當久無看著哩。

(3) Giˇ siinˊ tiˋ dongˊ hoˋ, giˇ vugˋ haˊ nginˇ ia dongˊ hoˋ. 佢身體當好，佢屋下人也當好。

(4) Iaˋ zagˋ dongˊ pienˇ ngiˇ. 這隻當便宜。

(5) Ge zagˋ bauˊ nˇ hoˋ siid. 該隻包你好食。

2. (1) 毋好食。

(2) 毋會當多。

(3) 今晡日天氣毋好。

(4) 毋會貴。

(5) 吾姆煮菜毋會鹹，當淡。

3. (1) 偓這恁久當無閒。

(2) 你身體好無？

(3) 偓兜學校學生當多。

(4) 細隻仔較便宜。

(5) 天光日毋會好天。

4. (1) 恁久無看著，這恁久會當無閒無？

(2) 若屋下人也好無？

(3) 吾身體還做得。

(4) 該隻細隻个幾多錢？

(5) 這隻黃梨毋會貴。

第八課

練習問題

1. (1) Ngaiˇ oi hi ceuˊ sii maiˊ dungˊ xiˊ. 偓愛去超市買東西。

(2) Nˇ siid maˋ ge? 你食麼个？

(3) En´ liong` sa` kiung ha hi. 偲兩儕共下去。

(4) Ngaiˇ di vug` ha´ den` nˇ. 偃在屋下等你。

(5) Oi zun` siiˇ o! 愛準時哦!

2. (1) 偃下課後愛去圖書館。

　(2) 偃駛車仔來學校。

　(3) 偃朝晨頭食麵包同牛乳。

　(4) 偃九點在教室等你。

　(5) 佢逐日八點半對屋下出來。

3. (1) 偃毋去超市。

　(2) 偃十點對屋下出來。

　(3) 偃逐日毋食朝。

　(4) 你幾多點來學校?

　(5) 偃逐日六點䟴床。

4. (1) 你愛去哪?

　(2) 佢對苗栗坐巴士來。

　(3) 你逐日幾多點睡目?

　(4) 偃朝晨大部分食麵包同牛乳。

　(5) 偃大約朝晨八點半對屋下出來。

　(6) 偲兩儕共下去好無?

　(7) 若爸在哪位上班?

　(8) 十二點愛在學校門口等偃哦!

第九課

練習問題

2. (1) 吾老弟比倨較高。

   (2) 先生比吾爸細七歲。

   (3) 新竹無臺北恁鬧熱。

   (4) 倨係一九九八年出世个。

   (5) 下課後倨去打工。

3. (1) 祝你生日快樂!

   (2) 倨係八十六年出世个。

   (3) 阿姊比倨大三歲。

   (4) 倨禮拜六同禮拜日愛打工。

   (5) 倨對客家文化無興趣。

   (6) 胡先生教你兜客話,張先生呢?

   (7) 佢係對花蓮來个。

   (8) 擎手就好,毋使講話。

第十課

練習問題

1. (1) 這個學生

   (2) 該三儕

   (3) 兩個先生

   (4) 這兩隻石牯

   (5) 該五張郵票

2. (1) 倨歇新北市个板橋。

   (2) 吾爸無在該位上班。

(3) 這支遮仔係麼人个？

(4) 老弟个房間肚有一張眠床。

(5) 試著圓身無力腰骨酸軟。

3. (1) 今晡日个報紙在桌頂。

(2) 教室肚無電腦。

(3) 吾屋下有六個人。

(4) 書櫃頂有當多書還過詞典。

(5) 驚怕係寒著哩。

4. (1) 若屋下有兜麼个人?

(2) 吾屋下正兩個人定定。

(3) 這本書係吾个。該支遮仔係學校个。

(4) 房間肚有當多凳仔。

(5) 左片有一張眠床，右片有一隻書櫃。

(6) 𠊎頭那痛還過緊流潺。

(7) 毋會講當嚴重，下把噭一下仔定定。

(8) 煞煞去看醫生，看愛食藥仔抑係注射。

第十一課

練習問題

1. (1) Ngaiˇ iaˋ idˋ bogˋ eˋ cudˋ guedˋ hi liau leˇ. 𠊎這一駁仔出國去尞哩。

(2) Inˊ faˊ koiˊ do dongˊ jiangˊ. 櫻花開到當靚。

(3) Ngaiˇ he iung su vi xiong giˊ hib ge. 𠊎係用數位相機翕个。

(4) Ngaiˇ mˇ siidˋ hi go Miˊ Nungˇ. 𠊎毋識去過美濃。

(5) Na he iuˊ giˊ fi ngaiˇ idˋ tin hi. 若係有機會𠊎一定去。

2. (1) 無，𠊎昨暗晡無食到當飽。

(2) 毋係，𠊎大部分毋係用手機仔翕相。

(3) 無愛，𠊎無想愛食菸。

(4) 毋識，𠊎毋識坐過飛行機。

(5) 無，大學同高中無共樣。

3. (1) 𠊎今晡日無來到當早。

(2) 𠊎昨晡日無睡到當晝。

(3) 佢講客話講到當好。

(4) 吾老弟毋識去過日本。

(5) 美濃同臺北無共樣。

4. (1) 佢英語講到當好。

(2) 𠊎兜學會客語哩。

(3) 𠊎識學過一個月客家話。

(4) 今晡日睡到當晝。

(5) 老弟昨晡日出國去哩。

(6) 若係有機會𠊎一定去美濃。

(7) 你兜應該愛好好讀書。

(8) 這隻黃梨同該隻西瓜共樣貴。

(9) 美濃人口無多毋過盡熱情。

第十二課

練習問題

    (1) Ngaˊ vugˋ haˊ liˇ hog gauˋ moˇ dongˊ ienˋ. 吾屋
    下離學校無當遠。

    (2) Iaˋ fu kiun iuˊ conˊ tangˊ moˇ? 這附近有餐廳無？

    (3) Hangˇ denˋ hi oi sangˇ ngi siib funˊ zungˊ. 行等
    去愛成二十分鐘。

    (4) Ngaiˇ do hog gauˋ ge tuˇ suˊ gonˋ caˇ ziiˊ liau.
    偓在學校个圖書館查資料。

    (5) Nˇ zui hoˋ daˋ zagˋ tien fa bunˊ giˇ. 你最好打隻
    電話分佢。

2. (1) 佢同東西搭在管理員該。

    (2) 偓行等去。

    (3) 這位離餐廳當遠。

    (4) 偓帶兜等路來分你。

    (5) 偓在圖書館查資料。

3. (1) 你个書在桌頂。

    (2) 你係行等來學校个無？

    (3) 偓逐日暗晡九點轉去。

    (4) 偓坐兩點鐘巴士。

    (5) 阿婆唱歌仔分嬰兒仔聽。

4. (1) 勞煩你先擸東西搭在管理員該好無？

    (2) 你最好打隻電話分佢。

    (3) 行等去大概愛成半點鐘。

    (4) 勞煩你在頭前个路口右轉。

(5) 餐廳在教室个後背。

(6) 勞煩你同這等路帶轉去。

(7) 佢對北埔坐巴士來。

(8) 王先生天光日愛轉去新竹。

(9) 吾屋下比厥屋下離捷運站較近。

(10) 佢同你帶兜等路來分你。

第十三課

練習問題

1. (1) 你正在吃什麼？（動詞的現在進行式）

   (2) 你可以吃嗎？（許可表現）

   (3) 你有吃到客家菜嗎？（動詞的結果補語，表示動作已達結果）

   (4) 一個麵包你吃得飽嗎？（動詞的可能補語）

   (5) 你吃完了嗎？（動詞的結果補語，表示動作已實現或完了）

2. (1) 無，佢兜無在該上課。

   (2) 毋會，佢試著國內个環境毋會差。

   (3) 還吂，字還吂寫好。

   (4) 無，門鎖等。

   (5) 做毋得。

3. (1) 佢今晡日睡到十點正䟘床。

   (2) 佢在眠床頂坐等看書。

   (3) 這本書你看忒愛還佢。

   (4) 這隻問題佢吂想著。

137

(5) 佢聽好多遍正聽識。

4. (1) 吾屋下無錢，故所正無考慮出國留學。

(2) 門開等無鎖。請入來。

(3) 吵鬧著你上網哩。

(4) 佢黏邊就摎電腦關忒。

(5) 吾个自行車橫忒分別臺砥著。

(6) 係有煞猛認真讀書，定著毋會輸人。

(7) 佢一個人扶毋得起來，愛勞煩你來摎佢捼手。

(8) 其實佢試著國內个環境也毋會差。

第十四課

練習問題

1. (1) Nˇ voi seˋ siinˊ eˋ moˇ? 你會洗身仔無？

(2) Tienˊ gongˊ ngidˋ mˇ voi log iˋ. 天光日毋會落雨。

(3) Ngaiˇ gongˋ hagˋ ngiˊ, nˇ tangˊ dedˋ siidˋ moˇ?
佢講客語，你聽得識無？

(4) Nˇ daˋ son hi nai vi liˊ hangˇ? 你打算去哪位旅行？

(5) Nginˇ hagˋ moˇ zeuˋ, ngaiˇ mˇ dedˋ cudˋ munˇ.
人客無走，佢毋得出門。

2. (1) 這下有一兜肚枵哩。

(2) 聽講該位寒天當寒。

(3) 佢無錢好去外國寮。

(4) 偲兜先來去食飯。

(5) 你做麼个恁晝正來呢？

3. (1) 教室肚做毋得食菸。

(2) 屋下來當多朋友。

(3) 你今晡日去抑係天光日去？

(4) 倕感冒哩，做毋得去上課哩。

(5) 倕兜會講兜仔客話哩。

4. (1) 倕曉得講一兜英語。

(2) 高中生做毋得啉酒。

(3) 放寮你打算去哪位寮?

(4) 倕會講兜仔客語，簡單个話語也聽得識。

(5) 這位時常會有濛沙煙、起大風。

(6) 人客走忒以後倕正來个。

(7) 時間過到真遽，會十二點哩。

(8) 倕好食客家菜，來去客家餐廳較贏。

第十五課

練習問題

1. (1) 先生喊學生掃地泥。

(2) 阿婆分老弟看電視。

(3) 請你同鉛筆借倕用。

(4) 吾个詞典分朋友借去哩。

(5) 阿爸拜託先生教老妹。

2. (1) 倕想愛參加客語演講比賽。

(2) 你寫到盡好啊！

(3) 倕愛好好看書正做得。

(4) 佢一還倕，倕就摎你送去。

(5) 壞忒哩，愛仰結煞呢?

3. (1) 分𠊎看一下。

   (2) 𠊎一到寒天就會寒著。

   (3) 雖然學客話有一年零，毋過還有當多想愛講个話毋會講。

   (4) 天氣緊來緊寒哩。

   (5) 吾个字簿仔分別个同學借去哩。

   (6) 實在斯還感謝你。

   (7) 你同車仔借分𠊎駛好無?

   (8) 「你客話講到還好哦。」「無啦！」

國家圖書館出版品預行編目資料

大學初級客語／羅濟立著. ──初版.──
臺北市：五南圖書出版股份有限公司,
2012.09
　面；　　公分.──
ISBN 978-957-11-6745-9（平裝）

1.客語　2.讀本

802.52388　　　　　　　　101013900

1X1V 客語教學叢書系列

大學初級客語

作　　者 ─ 羅濟立(410.2)

發 行 人 ─ 楊榮川

總 經 理 ─ 楊士清

總 編 輯 ─ 楊秀麗

副總編輯 ─ 黃惠娟

責任編輯 ─ 吳佳怡

封面設計 ─ 黃聖文

出 版 者 ─ 五南圖書出版股份有限公司

地　　址：106台北市大安區和平東路二段339號4樓

電　　話：(02)2705-5066　　傳　　真：(02)2706-6100

網　　址：https://www.wunan.com.tw

電子郵件：wunan@wunan.com.tw

劃撥帳號：01068953

戶　　名：五南圖書出版股份有限公司

法律顧問　林勝安律師事務所　林勝安律師

出版日期　2012年 9 月初版一刷
　　　　　2022年 9 月初版五刷

定　　價　新臺幣220元

經典永恆·名著常在

五十週年的獻禮 ── 經典名著文庫

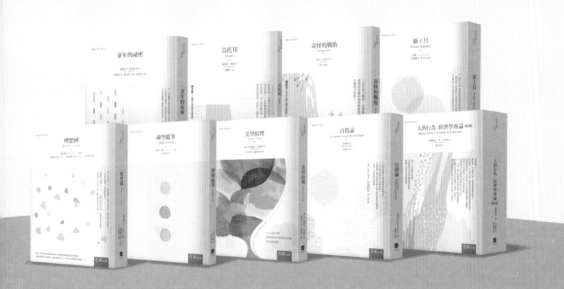

五南，五十年了，半個世紀，人生旅程的一大半，走過來了。

思索著，邁向百年的未來歷程，能為知識界、文化學術界作些什麼？

在速食文化的生態下，有什麼值得讓人雋永品味的？

歷代經典·當今名著，經過時間的洗禮，千錘百鍊，流傳至今，光芒耀人；

不僅使我們能領悟前人的智慧，同時也增深加廣我們思考的深度與視野。

我們決心投入巨資，有計畫的系統梳選，成立「經典名著文庫」，

希望收入古今中外思想性的、充滿睿智與獨見的經典、名著。

這是一項理想性的、永續性的巨大出版工程。

不在意讀者的眾寡，只考慮它的學術價值，力求完整展現先哲思想的軌跡；

為知識界開啟一片智慧之窗，營造一座百花綻放的世界文明公園，

任君遨遊、取菁吸蜜、嘉惠學子！